「世界上有太多仆街，
多到你以為世界上根本沒有好人存在。」

CONTENTS

PROLOGUE 序章

01/02

PROLOGUE 序章 01

二零三六年。

鍾筌月被斬去右手手臂與挖出左眼眼球的同一年。

VR地下非法賭場。

三屆冠軍黃勝利，今天的對手是一個帶著金邊眼鏡，只有十二歲的「他」。現在是賭場最後一場的排名戰，他們成為了全場的焦點。

這個只有十二歲叫金仔的男生，這個月來成為了焦點，因為，他在整個月的賭局中，完全沒有輸過，得勝率是**100%**，暫時排名非法賭場的第二位。

排名第一、第二位的他們，正進行最後一場賭局。

所有的觀眾都屏息靜氣地看著他們二人對戰，因為來到最後兩局，他們將會分出勝負。

他們的賭注是各人一百萬的加密貨幣，一共二百萬。

一個只有十二歲的男生，擁有一百萬資金？沒錯，他的本金是一萬元，直至現在多了……一百倍。

這次的賭局很簡單，就是二人抽出兩張牌鬥大。

在虛擬的桌面上，男人揭開的牌是2，看不到他的底牌，而金仔的面牌是10，明顯有著很大的優勢。

「ALL IN。」男人在手臂上輸入了$1,000,000的加密貨幣。

一百萬就是全部的籌碼，這代表了如果誰輸掉，就會由前一二名，變成了身無分文的包尾。

黃勝利三十出頭，總是身穿白色西裝，英俊又有型，吸引了不少的女性粉絲。不過，英俊的外表也比不上他的冷靜與觀察力，能夠得到三屆的冠軍，不只是虛有其表。

金仔還沒有作出跟不跟注的決定。

「黃勝利好像很有信心，想在這一局擊敗金仔，看來黃勝利的底牌很大！」賭場旁述興奮地說：「不知道金仔會不會放棄？」

經過了十多年的科技研發，現在已經不用戴上像龜殼一樣又重又大的VR眼鏡，金仔的金邊眼鏡與黃勝利的隱形眼鏡，已經可以看到虛擬實景。

這非法地下賭場，規定參與賭局者必須以真實外貌對決，畢竟賭博是一個捉心理的遊戲，看不到對方的表情，又或是只用VR的卡通，就沒有意思了。

「小朋友，你一直以來的運氣已經用完了。」黃勝利自信地說：「我不只ALL IN，我還要加注。」

他氣定神閒在手臂上輸入。

看到黃勝利的舉動，全場的觀眾也議論紛紛。

都說是「地下賭場」，當然不會是簡單的賭局，賭注除了是「錢」，還可以賭其他的東西。

黃勝利輸入了「右手手掌」的選項。

除了可以賭錢，他們還可以賭上身體四肢、五官，甚至是身體內的器官！

「放棄吧小朋友。」黃勝利不慌不忙，手托著頭說：「你才只有十二歲，如果你沒有了手掌，長大後你會非常後悔今天的決定。」

金仔看著黃勝利，他皺起眉頭，再次看著自己手上的另一張牌。

如果這一局先放棄，他還有時間可以在下一局贏會來，如果他在這一局輸掉，別要說成為第一名，他還會失去一隻手掌。

他認真地看著黃勝利。

「金仔好像在猶豫不決！看來他被黃勝利拋窒了！」旁述說：「畢竟也只是一個十二歲的男生，沒辦法了。」

他依然看著黃勝利。

一分一秒地過去，全場人也等待著他的決定。

大約過了一分鐘，他……依然眼定定地看著黃勝利。

「小朋友，雖然沒有限時，不過你這樣拖下去也無補於事。」黃勝利的口吻就像已經贏出一樣。

突然，金仔臉上露出了微笑。

一個不應該在十二歲的男孩面上出現的……奸險又自信的笑容！

他的表情很像一個人，很像……鍾笙月！

「我跟！」金仔指著黃勝利：「除了手掌，我還要大你心、肝、脾、肺、腎！還有你那雙……

像禽獸一樣說謊的雙眼！」

PROLOGUE 序章 02

全場人也目瞪口呆，看著充滿自信的金仔！

本來一向鎮定充滿自信的黃勝利，也變得緊張起來！

「你太大意了。」金仔說。

「什麼意思？」勝利的汗水流下。

「一直以為，你控制得天衣無縫，不過，剛才我什麼也不做的一分鐘裡，你終於出現了『漏洞』。」金仔說。

「我不明白你說什麼！」黃勝利開始情緒失控。

金仔指著自己的雙眼說：「沒有人可以逃得過我雙眼，包括像你一樣的老千！」

「你別要亂說，我從來沒有出千！」

金仔知道他出千？才不是，他只是用說話來打亂黃勝利的情緒，讓他更加的肯定，自己沒有「看錯」。

「小朋友，雖然沒有限時，不過你這樣拖下去也無補於事。」金仔學黃勝利說話：「你不跟下去，也只是沒一隻手掌，但如果跟我而輸了，你會……死得很慘，嘰嘰。」

黃勝利看到的，不是一個只有十二歲的男孩，而是在他背後出現的……**惡魔**！

不跟下去，輸一隻手掌與一百萬加密貨幣，跟下去，可能會被取走身體內全部的內臟……

黃勝利看著像惡魔一樣的金仔……

他猶豫了一會說：「我……不跟。」

「黃勝利反牌了！這次的賭局非常精彩，第一次參賽的金仔，打敗了三屆冠軍，成為我們地下賭場史上最年輕的冠軍！」

全場人立即歡呼拍掌！當然，拍掌最大聲的，都是下注金仔勝出的賭徒！

然後大家更期待的事情即將發生，觀眾一起大叫：「斬手！斬手！斬手！斬手！斬手！」

勝利知道自己不能反悔，如果他現在逃走，有財有勢的地下賭場，一定可以找到他，到時他會死得很慘！

他在家中拿出一把菜刀，看著自己的手掌，汗水不斷滴下。

「其實一隻手掌已經便宜了你。」金仔說：「你這隻……禽獸。」

金仔在手臂上按下掣，立即出現了不同的立體影像相片，相中是多個未成年少女，他們的面上、身體上出現多處的傷口，相片中，還有勝利跟那些被虐待的少女合照！

「你看你笑得多高興？」金仔指著其中一張相片：「這個女的只有十二歲，因為下體被嚴重傷害，以後不能生育，上星期她因為此事自殺而死！就是因為這隻禽獸，她才會死的！」

「怎……怎可能？！我從來也沒有上過她，我只是毆打她……」

勝利不小心說漏了口。

全場人也用著最惡毒的說話「問候」勝利，他們完全沒有想到，英俊瀟灑的他竟然是隻衣冠禽獸！

「斬手！斬手！斬手！斬手！斬手！」

金仔沒有看下去，他說完後就關上了VR功能，在最後一刻他聽到黃勝利痛苦地大叫！

回看他身處的地方，是他的房間，純白的房間至少有二千尺，而房間內就只有電腦桌與床鋪。

他一個人住這麼大的地方？這裡又是什麼地方？

這裡就是……「天騰島」最高級的住宅區。

此時，他的手機響起。

「接聽。」

「金仔！」

「才剛完結，這麼快找我幹嘛？」

「就是打來多謝你！」

「別跟我來這一套吧，老申叔。限你兩日內把錢轉入我的加密貨幣戶口。」金仔的語氣，根本不像一個十二歲的男孩。

「沒問題，我會安排。」

這個老申叔，就是地下賭場的老闆，他一直也看不過眼那個黃勝利的行為，所以找來了金仔把他剷除。

「我真的想知道，其實你是怎樣做到100%得勝率？我們又沒有幫你做過手腳。」老申叔問：「你又怎知道勝利拋窒你？」

「因為……我可以看到別人的數字。」金仔說。

「什麼意思？」

「嘿，跟你說你也不明白的，我要溫書，再聯絡，BYE。」金仔掛線。

金仔同樣可以看到別人身上的數字？

他能夠看到什麼數字？他擁有什麼的能力？

此時，他的手機再次響起。

「允日，好了嗎？」一把吵啞的女人聲。

「好了，我會把所有罪名都轉到那個黃勝利的身上。」他說：「不用擔心。」

「我叫過你別要亂叫人自殺，你……」

他再次按下了掛線掣，他不想聽下去。

那個只有十二歲，下體被嚴重傷害的少女，真的是被勝利虐待，然後自殺的嗎？

他呼喚出一張相片，就是那個少女跟自己的合照。

那個十二歲少女的確被黃勝利虐待，不過，用說話叫她自殺的人是……金仔。

「欣，永別了，晚上別來找我。」他笑得非常恐怖：「不會，我從來不相信有鬼！嘰！」

這個叫金仔，全名叫……**金**、**秀**、**日**。

禽、**獸**、**日**。

他是……天騰集團主席的養子。

他的姓氏……是跟媽媽姓。

他是……

鍾入矢與金允貞的**第二個兒子**。

……

……

．

畜生

第二部

禽獸

鍾笙月跟金秀日的對決……

畜生月跟禽獸日的對決……

正式開始。

《世界上有太多仆街，多到你以為世界上根本沒有好人存在。》

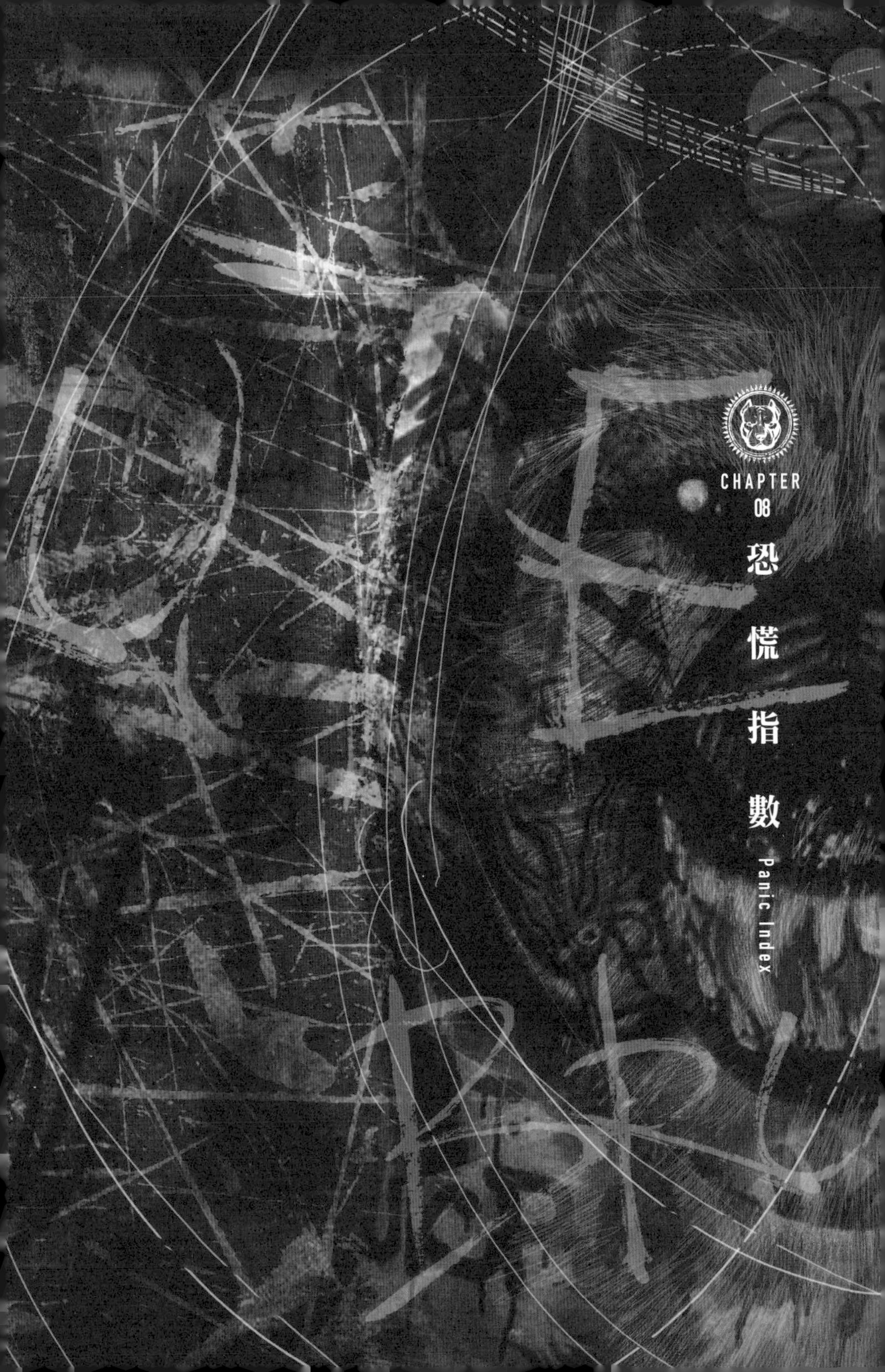
CHAPTER
08
恐慌指數
Panic Index

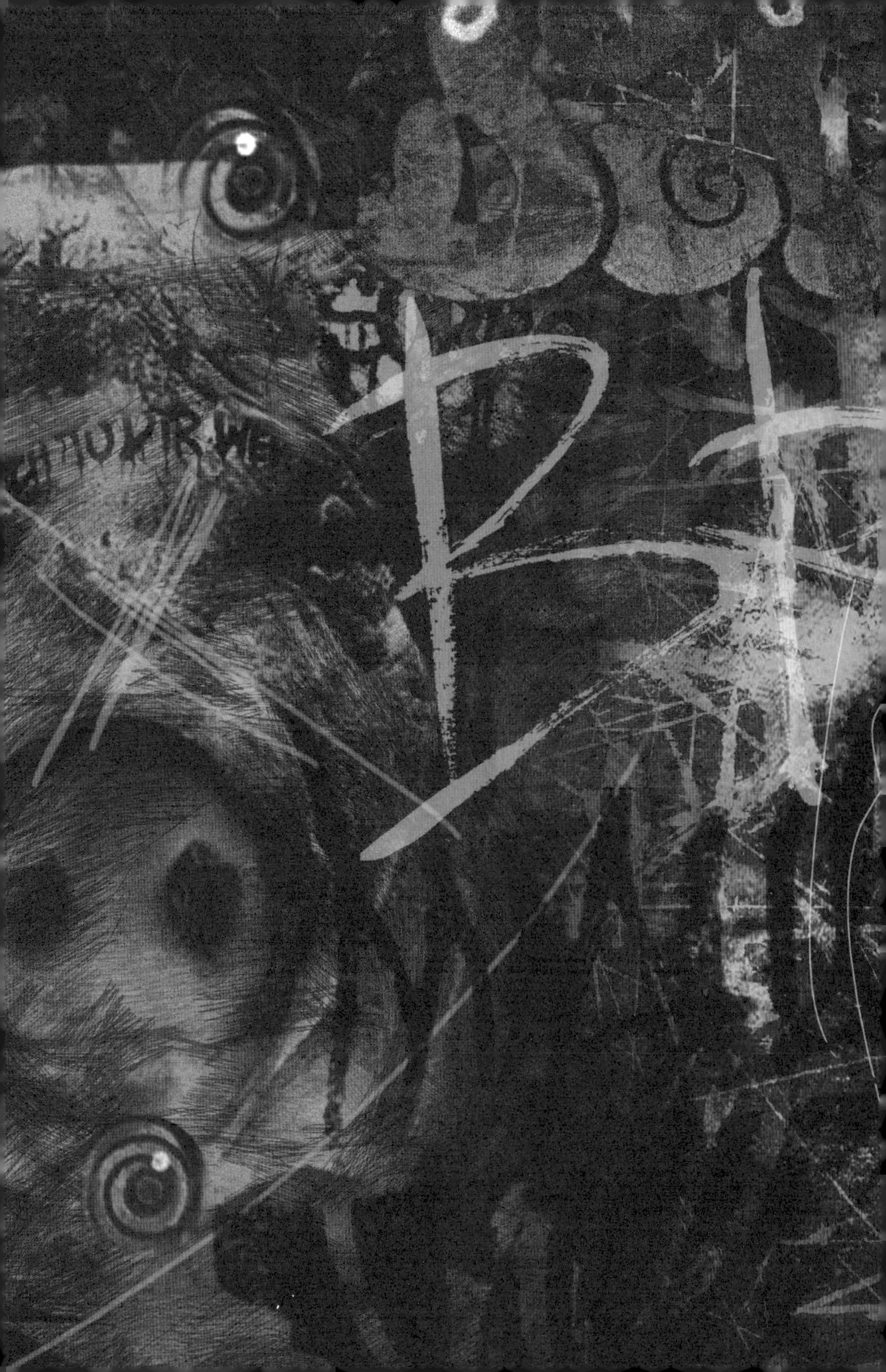

CHAPTER 08 恐慌指數 Panic Index

01

二零四四年，天騰島最高建築物，樓高三百二十樓的天騰集團大廈。

「張生，文件已經準備好。」我的私人秘書崔靜書說。

「說過幾多次，沒人的時間叫我金秀就可以。」我捉住她的手腕，把她拉到身邊。

我最喜歡她身上的泡泡浴香水味。

「那我叫你小金，又或是小弟弟好像更好呢。」她幽默地說。

「別要以為年齡比我大就欺負我呢。」我笑說：「妳明知我看上去不像實際的年齡，而且做某些事還很『純熟』呢。」

她看著我微笑：「今晚，來你家。」

我吻在她的紅唇上：「下班，停車場等。」

她給我單單眼，然後把文件放下離開。

沒辦法，我要做到像花花公子一樣，這樣才會讓「他」以為我沒有什麼野心。

這個「他」是誰？就是在我辦公室內安裝秘密攝錄機的大哥，張宙榫。

別當我是白痴吧，我當然知道自己辦公室多了一台攝錄機，張宙樨一直也在監視我。

我回到我的工作位置，電腦收到一封電郵。

網絡世界已經存在多年，各種通訊軟件與社交網絡通通都已經消失，唯獨電郵還依然存在，或者，只有「最初」出現的東西，才能存在得最久。

郵件是多年前的非法地下賭場寄來的，他們每年都會寄我邀請函，不過，自從那次之後，我就沒有再去玩過。

我回憶起當時的情境，最後贏了那個叫黃勝利的男人，他還要斬下自己的手掌，嘿，的確是一次快樂的經歷。

為什麼當年我可以獲得100%的得勝率？而且看得出那個黃勝利只是在說謊，知道他的牌根本就只是細牌？

不，我不知道他手上的牌是大是細，我只是看到他身上的……「數字」。

我稱之為……**恐慌指數(Panic Index)**，**PAI**。

我用了很多時間去研究我看到的數字，這個恐慌指數跟股票的VIX恐慌指數是完全不同的事，VIX是量化市場波動預期的基準，而我看到的PAI是……

一個人的**恐慌程度變化**。

數值由0至10，我做了一個列表。

0　死亡

1-2　極度平靜

3-4　平靜

5-6　輕微恐慌

7-8　恐慌

9-10　極度恐慌

為什麼一個人會出現極度恐慌？很簡單，就像是當時的勝利一樣，他在「說謊」。因為賭注是「手掌」，無論他扮作怎樣冷靜，長時間之下，他的恐慌情緒就會出現。

當年我只是看著他，沒有說話，就是等他的數值上升。

如果沒有上升，我放棄，因為他的牌可能是大牌。如果上升，他一定在說謊，賭他一把。當年扮作超有信心的他，數字在不斷飆升，不用想，我大他媽的全部。

最後，我賭贏了。

如果你問「恐慌指數」有什麼用途？

老實說，實在是他媽的太有用了，我就像能夠看穿別人的情緒，然後作出最致命的「攻擊」一樣。

人，最失敗的地方，就是沒法完全控制自己的情緒，我就是利用這個「人性的弱點」。

能夠得到100%的勝率，就是這個原因。

當然，當時的我只有十二歲，之後的日子，我可以說是把PAI的能力發揮到……

淋、漓、盡、致。

CHAPTER 08

恐慌指數

Panic Index

02

晚上，「天騰島」高尚住宅區。

完事後，崔靜書在我身邊抽著煙，她把煙吐在我的臉上，現在她的PAI是3，代表了她心中很平靜，完全不恐慌。

「小金，其實你為什麼要在天騰集團工作？以你的能力，應該可以考入哈佛或劍橋，這麼早出來工作幹嘛？」靜書的手指在我胸前遊走。

「因為我想坐上天騰集團的最高位置。」我拿走她的煙抽了一口。

「你當張宙樨不存在嗎？他才是你爸的合法繼承人。」她說：「就算你有多努力，也不能成為最高決策人。」

「只是暫時。妳放心吧，妳未來將會是最高決策人的私人秘書。」我笑說。

「我只能是你的秘書？」她爬到我的身上，用誘惑的眼神看著我：「沒有其他身份？」

「妳要做我老婆？」

「才不要。」崔靜書吻在我的臉上：「我要做你的情婦，做情婦是最快樂的。」

「嘿，我就是喜歡這樣的妳。」我玩弄著她的秀髮。

在天騰集團中，我最信任的人，不是家族的任何一個人，而是靜書。兩年前，她成為我的私人秘書開始，我們已經一起合作。

「靜書，我問妳一個問題。」我把她的正面移到我的視線。

「說吧。」

「妳是不是我哥派來監視我的人？」我直接地問。

她的表情非常錯愕，因為我竟然不相信她。

「對！我是他派來的！而且還要下毒把你殺死！」她說。

沒有，她的恐慌指數沒有變化，靜書聽到我的說話後沒有驚恐，她沒有對我說謊。

我的能力其中一個功用，就像是測謊機一樣，可以知道那個人是不是處於說謊的驚恐狀態。

「你這個小朋友，總是問我這些問題！嬲你！」靜書爬了起來：「今晚你自己去吃晚餐，我才不陪你！」

我只是一個比較小心的人，「測謊」從來也不只是一次而已，只不過我沒有告訴她真相。其實，我已經測試過很多次，靜書是值得信任的。

我用力把她拉回來身邊：「對不起，我也只是說笑而已，現在我最信任的人只有妳，妳知道嗎？」

「小金。」

「是？」

「你是不是你哥派來利用我的人？」她學我問。

「沒錯，我一直也在利用妳。」我說。

她用一個懷疑的眼神看著我，然後笑說：「好吧，我看得出你在說謊，我放過你吧。」

「妳也有能力嗎？」我笑著問。

「什麼能力？」

我沒有回答她，吻在她的唇上。

就算跟她說，我能看到每個人的「恐慌」，我相信她也不會相信。

「妳知道嗎？世界上，做盡壞事的壞人，只要做少少好事，大家就會當他是好人。」我說：「什麼籌款大使、慈善名人，其實一直也做盡壞事，偏偏大家都以為他們是好人。」

「你是說天騰集團？」她問：「所以你就想奪權？」

「好吧，起來吧，我們去吃晚飯。」我沒有正面回答她。

此時，我的手機響起，我知道是誰打給我，按下了秘密會議模式，在我身體包圍了一個透明的屏幕。

一分鐘後，我掛線。

「有事要忙？」靜書問。

我認真地點頭，她從來也不會問我工作以外的事，我就是喜歡她這一點。

「我在你家看看有什麼吃的。」靜書起來微笑：「明天公司見。」

「明天見。」

我收到了什麼電話？就連跟靜書吃飯的時間也沒有？

的確，「這件事」比較重要。

然後，我收到了傳來的訊息，是一個地址。

一個……囚犯宿舍的地址。

CHAPTER 08 恐慌指數 Panic Index 03

凌晨時份，一個不是囚犯的男人，來到了囚犯宿舍。

他是金秀日。

宿舍的島管已經被安排暫時離開，因為不能讓他看到金秀來到宿舍。

他慢慢地走上樓梯，一邊走一邊哼著歌，狀態甚為輕鬆。

「**Hey Jude, don't make it bad~ Take a sad song and make it better ~**」

金秀來到了四樓，然後在其中一間宿舍房前敲門。

「這麼夜是誰？」一個男人開門。

「我想找譚永超與陳企叔。」金秀溫文地微笑。

「我是譚永超，呵欠~」他說：「找我們有什麼事？」

「你們曾經是鍾笙月的室友嗎？」金秀問。

「對，不過他好像犯了事被島管帶走了。」永超說。

「很好，**PAI**正常水平，你沒有說謊。」

「什麼意思？」

金秀沒有下一句，他手上一把全黑的陶瓷軍刀已經割在永超的頸上！半夢半醒的永超還未察覺到痛楚，用手按住沾滿了鮮血的頸上！

「你……」喉嚨被割破，他已經不能說話。

金秀把他推進房間內，然後純熟地在他的心臟位置再加一刀！

「沒事，很快就不痛了。」金秀拔出了軍刀，他黑色的手套已經染滿了鮮血。

「永超，這麼夜是誰來了？」

企叔被聲音弄醒，他按下了燈掣，在昏暗的燈光下，他看到了一個人，還有倒在血泊的永超！

「你……你是誰？！」企叔非常驚慌。

「PAI數值立即飆升到9！現在你處於極度恐慌，我喜歡！」

金秀的樣子變得非常邪惡，不只是魔鬼在他的身後，而是……他就是魔鬼！

他二話不說，衝向了企叔，用同樣的方法，割在他的頸上！

企叔根本沒法說話，他的喉嚨已經被割破！金秀再次準確無誤地，一刀插入他的心臟位置！

企叔的恐慌指數升到9.5，然後急速回到了……0。

金秀看過太多次PAI由高位置下降到0，因為他不是第一次殺人。

「死亡，就不會再有恐懼，離開這個討厭的世界去到一個安詳的世界，也許，這才是真正的『解脫』。」金秀說：「安息吧。」

企叔倒在地上，不到一分鐘，金秀已經把兩個人殺死。

他從來也不覺得死亡是可怕的事，因為死亡會讓一個人的PAI指數下降到0，他知道，再沒有恐慌的世界，又怎可以說是可怕？

無論是上天堂還是下地獄，死亡的人再沒有恐慌，再不會因為恐慌而痛苦。

他的想法是否扭曲？

也許，對於一個死去的人來說，已經不需要多問。

金秀在大褸拿出一個小型透明的鋒利鑽鋸，這個鑽鋸可以在切除人體部位同時，排放出冷凍的氣體，可以快速凝固流出的血水。

他用鑽鋸……割下永超與企叔的頭顱！

完成後，他坐在床上。

他托托自己的金邊眼鏡，看著一分鐘前所做的「傑作」。

「陳企叔，還有兩星期就可以離開天騰島……」他看著企叔：「不過，真的是太可惜了。」

他掉下染滿血的軍刀，躺在床上。

躺在鍾笙月睡過的床上。

「鍾笙月嗎？」

他跟鍾笙一樣，看著滲水的天花板。

然後，他按下了手臂，出現了發送訊息的畫面，他用語音讀出將要發出的訊息內容。

「如果你把我們的事情揭發，所有跟你有關的人，都會很慘……死、得、很、慘。」

他連同譚永超與陳企叔的頭顱圖片發出。

收件人是……鍾笙月。

……

…

‧

三天前。

畸形人展覽館。

CHAPTER 08 恐慌指數 Panic Index

04

雜草男本想插盲鍾笙的眼睛，卻被鍾笙的機械人造眼球炸飛，其他的手下立即逃走，餘下鍾笙與夢飛。

夢飛完全沒有覺得，失去了左眼眼球的鍾笙可怕，反而上前擁抱著他，感激鍾笙救了自己。

鍾笙雙眼流下眼淚，一邊是正常人的透明眼淚，而另一邊是……黑色的淚水。

「現在……我們怎辦？」夢飛問。

「我已經把這裡的惡行全部錄下來，儲存在加密雲端之中。」鍾笙抹去眼淚：「這次天騰島那班高層死定了！」

「已經拍下來，是因為你的眼睛？」夢飛看著他左面上沒有眼睛的眼窩。

「嗯，遲些我再跟妳解釋。」鍾笙說：「現在還有一件最重要的事要做。」

「是什麼？」

「一把火把這他媽的展覽館燒了！」鍾笙認真地說。

「但在這裡的人……」

夢飛想看展覽館內的畸形人，鍾笙立即阻止，他雙手輕輕托著她的頭。

「別要看！妳沒法接受的！」他搖搖頭：「請你相信我，我曾經也差點變成這些畸形人，我絕對明白他們的感覺，現在的他們……」

「比死更難受。」夢飛知道他想說什麼。

鍾笙點頭。

「當我公開了這個可怕的展覽館，他們一定會殺人滅口，到時他們一定死得更痛苦。」鍾笙說：「就算最後拯救了他們……他們也沒法在這社會中生存……」

的確，那些畸形人已經沒救，就算救了他們，在這個充滿歧視的社會中，根本就不可能生存，不，正確來說，他們可以生存，但會一直被人當作怪物來看待。

他們寧願死去更好。

鍾笙認真地看著夢飛，他希望夢飛明白他的想法。

她……泛起淚光點頭。

鍾笙把她送出展覽館布簾後，還給了她武器，他怕那班人會回來。然後他走回畸形人展覽館，展覽館內放滿了很多易燃化學物品，他灑滿在展覽館內。

他來到大魚缸前。

那個吸毒男與其他的人形魚游向他。

鍾笙緊握著拳頭，他不是害怕他們，而是痛恨這樣對待他們的畜生！

因為大魚缸放滿了水，就算火燒整個展覽館他們也未必死去，鍾笙想到了一個方法。

他在黃色囚犯服的一個暗袋中，拿出了幾粒黑色的藥丸。

這些是鍾笙製作的毒藥。

先不要問他為什麼要製作毒藥，現在最重要的是，讓人形魚……死亡。

「這些是毒藥，我會放入魚缸中。」他說得很慢，讓他們看到自己的嘴型：「直接吞下，你們很快就會死去。」

人形魚因為被改做，體質絕對很脆弱，鍾笙知道這方法可行。

他……看到面前的人形魚的嘴形……

他們不是在咒罵鍾笙，而是說……

「謝謝你。」

感激鍾笙把他們殺死。

他強忍著眼淚，把毒藥掉入大魚缸中。

鍾笙回頭看著整個展覽館，他沒有立即點火，他走進一間好像辦公室的房間，大約一分鐘後走回來。

他手上多了一樣「東西」。

然後他頭也不回，拿出了一個火機，點在一塊布上，他把布條掉在灑滿化學物品的地上，火勢迅速蔓延！

鍾笙立即離開展覽館。

「鍾笙！」在門外等待的夢飛擁抱著他。

「我們走吧！」他說。

「這是什麼？」夢飛看著鍾笙手上的東西。

「沒什麼，只是一些未來或者有用的東西。」他說。

鍾笙看著開始冒出濃煙的展覽館，現在他是殺死很多人的兇手，同時，被殺的人卻感激他，他心中非常矛盾。

或者，他是一頭「畜生」，不過，卻是一頭別人會激感他的「畜生」。

畸形人展覽館……正式落幕。

CHAPTER 08

恐慌指數

Panic Index

05

貧民窟集中營。

鍾笙來到了夢飛所住的地方，這裡的房屋都是用木搭建而成，環境衛生非常惡劣。

「噓，別要這麼大聲。」夢飛說：「會吵醒她們。」

鍾笙給她一個OK的手勢。

跟夢飛同住的，都是一些十歲以下的小女孩，在貧民窟中，夢飛的工作是照顧那些被遺棄的女孩。

夢飛用僅有的清水替鍾笙清潔左眼眼窩。

「會痛嗎？」她問。

「不痛，只是有點不習慣。」鍾笙說：「離開這個島後，我要找人幫我再做一隻眼睛。」

他擁有顧修明所有研究的詳細資料。

鍾笙已經告訴夢飛他曾被禁錮的事，夢飛不能相信，他會有一段這麼恐怖的經歷。

「其實我擁有的科研資料蠻值錢的。」鍾笙笑說：「就像我的手臂，那個恆溫的功能，令我一年四季都可以保持舒適的溫度。」

「值多少錢？」夢飛輕輕替他抹去黑色的血水。

「估值應該有一千億左右吧。」

「一千億？！」夢飛叫了出來。

「噓！」這次到鍾笙提醒她別要大聲：「科研資料很值錢的，因為可以創造出更大的市值，就好像從前的**Facebook**、**Apple**公司一樣。」

「為什麼你不一早賣掉這些資料？」

「我不想再有像我一樣的『實驗品』出現。」鍾笙說：「除非找到一間值得信任的科技企業。」

夢飛明白他的想法，同時她更明白，為什麼他要燒毀整個畸形人展覽館。

「現在的我是不是很恐怖？」鍾笙問。

夢飛搖搖頭：「你等等我！」

夢飛在找一些布料和針線，然後她簡單地做了一個單眼眼罩給他。

「戴上它！」夢飛說。

「怎麼會有花紋的？」鍾笙有點抗拒。

夢飛沒理會他，替他戴上這個親手做的單眼眼罩。

「很好看！」夢飛看著他。

同時，鍾笙也看著她。

從來也沒有一個人會這樣對待自己，鍾笙心中出現了一份親切的感覺。

他們慢慢地靠近對方，快要觸碰到對方的嘴唇。

「嗚～嗚～嗚～嗚～嗚～嗚～嗚～」

突然外面馬路，傳來了消防車的聲音，他們立即停下。

「是……是不是火勢已經蔓延起來？」夢飛帶點尷尬地說。

「應該沒錯。」鍾笙皺起了眉頭：「這代表，他們已經知道我們做了什麼。」

「之後要怎樣做？」夢飛擔心地說。

「首先我們不能公開見面。」

「為什麼？」

「不能讓他們知道妳有參與，會很危險。」鍾笙說：「然後，我有新計劃，可以調查出更多的真相，還有未來一定可以把這個他媽的天騰集團……連根拔起！」

夢飛看著只有一隻眼的鍾笙，他再次露出惡魔一樣的表情，有一份讓人心寒的感覺。

不過，她知道鍾笙只想對付天騰集團，不會傷害她。

她是知道的。

「那些玩弄別人的畜生，我一定要他們比死更難受！」

CHAPTER 08 恐慌指數 Panic Index 06

第二天早上。

天騰島的新聞中，報導了礦場的火災，卻沒有報導畸形人展覽館已經燒毀。

不過，總有人知道發生了什麼事。

私人飛機停泊場中，一架私人飛機上，昨晚逃走的幾個嘍囉正在向一個男人報告昨晚發生的事。

這個男人有六呎四吋高，非常瘦削，他曾是愛端食品集團的CEO，接替失蹤的另一高層伊隆麥。

而且，他很喜歡出鏡，不時在愛端食品集團的宣傳片中出現。

後來到了天騰島，成為了天騰家族的合作夥伴。

張蘭灘與張賓實兩兄弟非常欣賞他，因為他做事心狠手辣，而畸形人展覽館這門生意，就是他的主意。

他的名字叫……李路明。

「你說有一男一女殺死了你們首領，然後放火燒了展覽館？」李路明問：「而且那個男的左眼眼球被挖出後，流出了黑色的血水，眼球還會爆炸？」

「就……就是這樣了。」嘍囉說。

「很好。」李路明微笑：「敘述得很詳細。」

「謝謝讚賞。」

「謝你老母！」

嘍囉還以為李路明在讚賞他，其實他非常憤怒，因為他的生意現在已經化為烏有！

李路明一手抽著嘍囉的衣領，一拳轟在他的面上：「他媽的！你當時在做什麼？你逃走？我操你媽！你幾個人也可以打死他，你們逃走？然後讓他放火？」

「不……當時……當時老大被爆死，我們很驚……」他想解釋。

「把他拉出去，斬斷他的手腳然後餵狗！」李路明憤怒地說。

他的手下把嘍囉拉走，嘍囉大叫求饒，李路明完全沒有理會。

李路明很想知道那個沒有左眼的男人是誰，絕對不會放過他！

此時，他的另一個手下走進了飛機艙。

「李生，有急事。」

「有什麼事？」

然後手下把一條片播放給他看，影片的內容就是畸形人展覽館的情況！

李路明非常震驚！

「是誰發來的？」他問。

「鍾笙月，他沒有隱藏姓名，不過他暫時不公開影片，一定有什麼目的。」手下說。

「媽的，說出自己姓名嗎？想跟我玩嗎？」李路明笑得很奸險：「找出這個沒有左眼的男人，要活捉回來，到時我要慢慢折磨他！」

「是。」

李路明打出一個電話，他打給了金秀日。

「秀仔，有事想你幫忙。」李路明說：「我想你幫我調查一個叫鍾笙月的男人。」

金秀日沒有回答。

「你聽到嗎？」

「沒問題。」金秀說。

李路明說出畸形人展覽館的事。

「我要對付他身邊的所有人！不讓他威脅我！」李路明。

「明白。」金秀說。

為什麼李路明會找金秀？他們有什麼隱藏的關係？

故事，將會進入沒法逆轉的境地。

……

……

金秀日在囚犯的資料中，找到了鍾筌月，他看著他的相片，有一種似曾相識的感覺。

然後，他在秘密資料庫中，找到更多有關鍾筌月的個人資料。

他托托眼鏡，認真地看著他的背景，其中一個地方讓他非常在意……

「崇德孤兒院」。

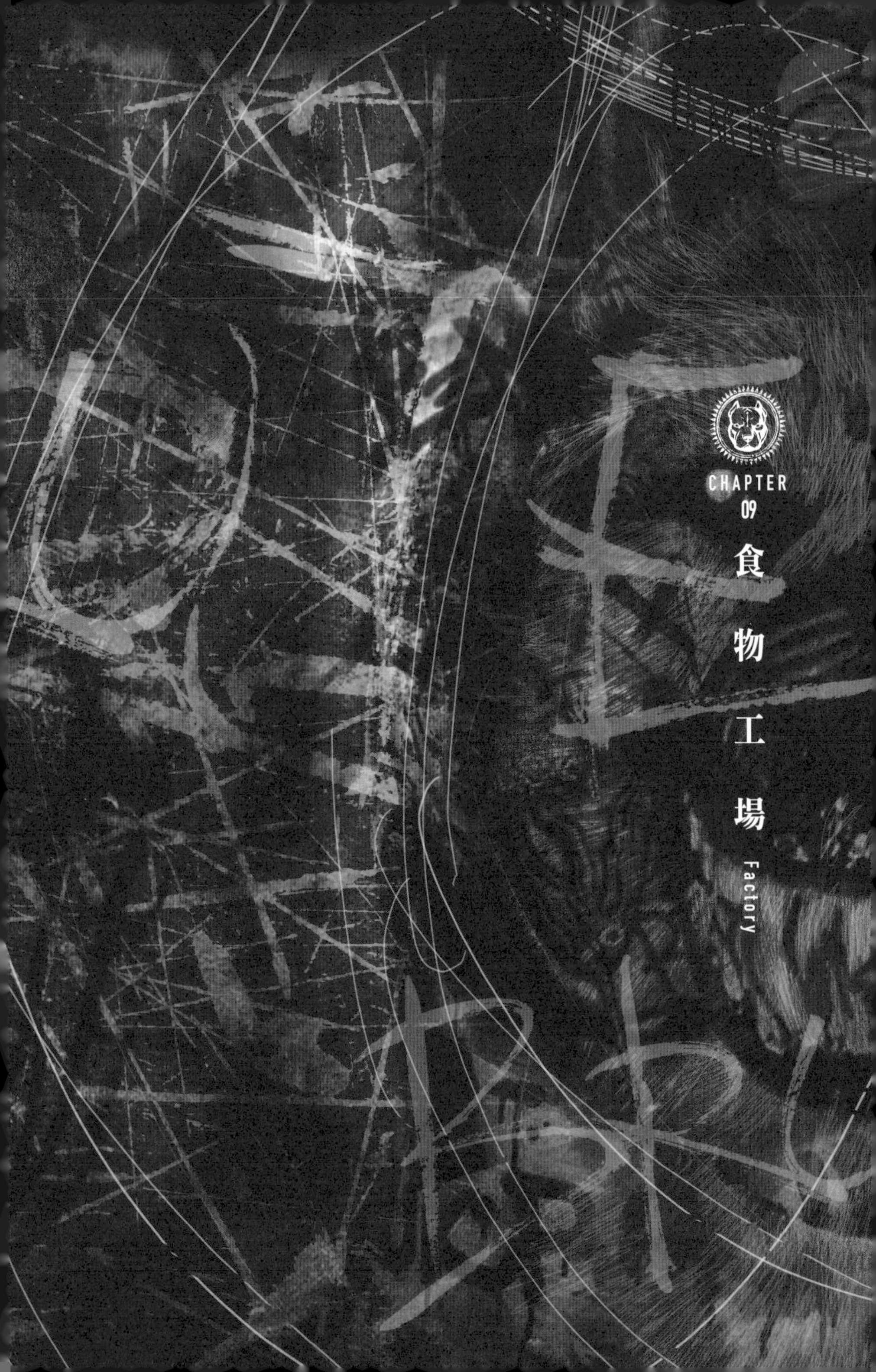
CHAPTER
09
食物工場
Factory

CHAPTER 09 食物工場 Factory 01

三天後。

我一個人來到了秘密河邊，我暫時不能回去豬柵宿舍，也不能住在夢飛那裡。另外，我已經把耳朵上的裝置移除了 GPS 定位功能，不過暫時沒法把它拆除下來。

他們再沒有電擊我，也許他們知道如果我死去，他們的影片將會公諸於世，所以暫時不會輕舉妄動。

現在，我們如同下棋一樣，推測對方的下一步棋。

我收到一則反威脅我的訊息，還有永超與企叔被割下頭顱的相片。

我再次被反「將軍」了。

「對不起。」我緊握著拳頭說。

沒想到他們會這樣心狠手辣，殺死企叔他們，我有一份內疚的自責感，如果他們不是跟我同住，就不會死去。

「我一定會替你們報仇！」我咬牙切齒地說。

現在最重要的，是保護我身邊的人，我已經作好安排。

手機響起。

「杰？」

「一切已經準備好，我、孝奶、榮仔，還找到你說的多明叔，已經到達安全的地方。」金杰說：「我們調查過沒被人追蹤，而且這個地方看來蠻安全的。」

「很好，麻子與彩英準備出發，然後在西貢上岸，到時你去接她們吧。」我看著手臂投射出的立體數據，一直小心翼翼地留意著有沒有被監聽。

「沒問題，我跟榮仔會接她們。」金杰說。

「那班人沒人性的，你們一定要小心。」我說。

「你自己呢？」

「明知故問，我還未查得水落石出是不會走的。」我說。

「我明白，你也要小心。」金杰說：「你等等，他找你。」

然後一個很重鼻音的男人，接駁了通話。

「你好，伊生，這次真的要麻煩你了。」我禮貌地說。

「別說這些，是我欠你的。」

他是前愛端食品集團的主席伊隆麥，也是我父母的朋友。外人一直以為他失蹤，其實，他只是避到一個沒有人找到的地方。

伊隆麥已經知道我是鍾入矢的兒子，而且他的消失，就是要逃避天騰集團的人。

「允昱，別要跟他們硬來，你是鬥不過他們的。」他好心叮囑我。

「我明白的，我會小心。」

前天，透過多明叔的資料，金杰他們幾經辛苦查到伊隆麥的聯絡，當金杰表示我是鍾入矢的兒子時，他就願意披露身份，跟我們聯繫。

伊隆麥知道多明叔是無辜的，而且我父母也不是死於意外。不過，他在多年前已經沒有再追查下去，因為他同樣怕身邊的人會有危險，甚至被殺。

伊隆麥不像我，我只有幾個朋友。但他就不同了，伊隆麥人面廣，如果因為他追查下去而連累身邊的朋友與親人，他實在是過意不去。

「鍾笙！」

此時，一個人在我背後叫著我的名字，是麻子，還有彩英。

「別這麼大聲，被人聽到。」彩英說。

「這裡方圓幾里也沒有人呢。」麻子說：「鍾笙你怎會找到這個沒人的地方？」

「只是巧合找到。」我笑說。

我不會告訴她這裡是夢飛發現的，而且我跟夢飛現在的關係，是「從來也不認識」。

「你說我們會有危險，要我們離開天騰島，那你呢？」彩英有點擔心我：「我們又怎樣離開？」

「我還要留下來，有很多事要做。」我看著她：「到岸後，會有人接你們，他們是金杰和榮仔，都是我最好的朋友。」

「我不追問你為什麼要我們離開，不過，你也跟我說要怎樣離開吧？」彩英問。

就在同一時間，河面出現了漣漪，然後有東西從水底升起！

「不會吧？」彩英看到了河面浮起的東西：「我是不是在看卡通片？」

那東西是一架小型的圓環型潛水艇！

別忘記，伊隆麥曾經是愛端集團的主席，才一艘小型潛水艇，他當然可以擁有。

真想親眼見見這個人頭上的「底價值」。

她們兩人走上自動無人駕駛潛水艇後，我目送她們離開。

然後，我回頭看著遠遠的天空，看著被雲遮蓋著的天騰集團大廈！

「要斷六親嗎？來吧，我已經沒有後顧之憂了，放馬過來！」

CHAPTER 09

食物工場

Factory

02

送走彩英他們後，我回到了我工作的食物工場，我當然不是回去工作，我要調查這所工場。

現在，我只有一隻眼睛很容易被發現，而且我也告訴了他們我的全名，他們知道我是在這裡工作的囚犯。昨天，他們就來過找我。

不過，又有誰會想到我竟然會回來工場？他們找不到我後，不會部署很多人手在工場，因為他們根本就不會想到我會回來。

「最危險的地方，就是最安全」。

我戴上了太陽眼睛，走向一個人，他正在準備走進工場。

我搭著他的肩膊，拉著他。

「鍾笙？」

「跟我來！」

他是鄧家勇，我把他拉到一邊去。

「你怎麼沒有回來宿舍？又不上班？全部島管都在找你！」

「聽我說，如果有人問起，你說不認識我，我們不是朋友，只是睡在對方的隔籬床位。」我認真地說。

「為什麼要這樣？」鄧家勇問。

「總之別要跟我有任何關係最好。」我看著工場門前的島管：「現在我不能正當地入工場，你幫我一個忙。」

「怎樣幫？」

「幫我引開門前島管的注意力，我要潛入去。」我說。

「這樣……」他有點不情願。

「走吧，我的生死靠你了！」我沒跟他多說，走向了工場。

「等等！」

我來到了門前。

「島管早晨！」鄧家勇從我後方衝上前：「今天好像會下雨，哈哈！」

門前的工場島管看著藍天與白雲：「你是不是白痴？」

我趁這個空檔快速從側門走進了工場，我回頭看著鄧家勇，我給他一個讚的手勢，然後走後樓梯離開。

在這裡工作了一星期，我已經大約知道工場的分佈位置，我的目的地，就是工場最高一層五樓。我發現很少人會走後樓梯，這正好是我走上上層的機會。

很快我已經來到了三樓，突然！

「你……」一個男人從樓梯下來：「你不就是鍾笙月？」

他是我們內臟部的主管，林固高！

「昨天很多島管來找你。」林固高說：「為什麼你不來上班？」

「我……病了。」

「他們叫我見到你就通知他們，那我現在……」

「等等……」我除下了太陽眼鏡，他看到我沒有了左眼球：「其實我昨天去了殺一個少女……」

他聽到我說的話，目無表情的樣子立即精神起來：「什麼？！你竟然敢在島上殺人？」

「對，而且我還挖了自己的眼球放入她的嘴巴中！」我恐怖地笑說：「超好玩！」

「鍾笙，沒想到你這麼變態！嘰嘰嘰！」他不是在責罵我，反而非常欣賞我。

「現在我被他們通緝了，才會來找你！」我說：「我們都是『同道中人』，你會幫助我吧？」

這個叫林固高的變態佬，不能用正常的方法跟他溝通，唯有像現在這樣。

在這個社會有太多「不正常」的人，就像肢解少女的林固高，但為什麼他會變成這樣的變態殺手？

也許是天性，不過，更大的原因是由「人類迫成」的。

這就是我們身處的社會，瘋子的出現，就是因為真的很多人當他們是「瘋子」。

「雖然我很想得到『優秀員工』大獎，不過看著你這個變態的份上，我就幫助你吧！」他就像遇到知音一樣興奮：「你回來工場做什麼？」

我指著上方的樓梯：「我要去……工場的屠宰部。」

「那裡是工場的禁地，就算我這個傑出表現的主管也不能去！」他說。

「你不想知道這神秘的部門，究竟是做什麼？」我問。

他想了一想，然後奸笑：「好吧，去看看也好，我們出發吧！」

CHAPTER 09

食物工場

Factory

03

五樓。

這裡比任何樓層的溫度更冷，就像走入了雪房一樣。

食物工場分成食物內臟部、分割部、加工部、包裝部，還有屠宰部，我一直都不明白，明明可以在屠宰過程中分類內臟，為什麼要另外把內臟「大兜亂」後再讓我們分類？

當中一定有什麼原因。

五樓的樓層非常複雜，就好像迷宮一樣。

「這邊看看。」林固高說：「有血腥味！」

我們走到了一間房門前，房間就像是棄置屍體的垃圾房，牛、豬、羊等等各種畜生屍體都被棄置在這裡。

「鍾笙你來看！」

林固高蹲下來，看著一頭已經被掏空的牛隻屍體，屍體的內臟全部被挖走，只餘下外皮與骨骼。

「他們只製作內臟食物？」我在猜測。

「嘻嘻！很懷念肢解少女的感覺。」林固高看著一頭豬在傻笑。

如果可以，我現在就想一刀把他捅死，不過，暫時他還有用處。

我看著一大堆被殺的畜生，有一種想法。

只有人類會飼養畜生然後吃畜生的肉，又會用畜生的內臟來烹調不同的美食，甚至利用牠們的血來製成豬紅、鴨血等等食品。

其實，誰才是真正的「畜生」？

包括我在內，人類都是人面獸心。

我們離開了放置屍體的垃圾房，來到了另一邊通道，此時，一個員工從一個房間走出來，大門上有一個密碼鎖。

只有這道門有密碼鎖，剛才途經的都沒有。

我們躲在牆壁之後窺探著他。

「他是……趙國強！」林固高像看到偶像一樣。

「你認識他？」我問。

「他曾在韓國先姦後殺十二個有夫之婦，最後在香港落網，一直也被關在島上！」林固高說。

「你去跟他說你升職了，讓你進入那個房間。」我說。

「但我是優秀員工，不能說謊！」

「你不想知道房間內是什麼？」

「想！」

「這樣吧。」我指著自己：「我們就進去看一次，之後我給你捉住，你就可以舉報我立功，立即可以升職也不定！」

「好主意！」

他立即走上前，跟那個什麼趙國強聊天，不到一會，趙國強輸入了密碼，大門打開。

趙國強離開後，林固高做手勢叫我過去。

我走到大門前：「進去看看！」

奇怪地，我的心跳加速，可能是因為前幾天我去過那個該死的展覽館，總是覺得不會有什麼好事發生。

我打開了大門……

房間內擺放著各種的工具，大鐵鎚、大剪刀、電鋸等等不同的分屍工具。

「屠宰部！我最愛的屠宰部！」

林固高就像著了魔一樣拿起了一把鐵鋸，然後用舌頭舔著，他媽的噁心。

我沒有理會他，我從另一道鐵門離開，我只是輕輕的推開門，已經嗅到可怕的血腥味，比展覽館、比內臟部的氣味更濃！

或者，這就是屠宰部，最「新鮮」的血、腥、味。

我緩緩打開了鐵門……

「！！！！！！！！！」

CHAPTER 09

食物工場

Factory

04

在我面前……

在我面前，屠宰的畜生被鐵勾吊起來，運輸帶吊著的畜生一隻又一隻運到前方屠宰……

畜生中，包括了……

牛……

豬……

羊……

狗……

還有……

「媽……媽的……」

我已經不知道可以說什麼，只是不斷地後退，直至碰剛進來的林固高。

「鍾笙你怎樣了？臉也青了？」他問。

然後，他看著運輸帶吊著的畜生，他興奮到快要失禁！

被吊起的畜生，除了牛、豬、羊、狗，還有……

人！

人類被當成了……**被屠宰的畜生**！

為什麼貧民窟的人口失蹤率達到20%，也許我已經知道真、正、的、答、案！

運輸帶把吊著的全裸女人運到前方，那個員工目無表情地用電鋸劏開女人的胸骨，她的內臟開始慢慢地掉下來。然後，屍體轉到去另一個員工的位置，那個員工徒手把她的內臟挖出來！

運輸帶繼續前進，沒法徒手挖出來的內臟，另外兩個員工用工具把內臟取出，心臟、肝臟、胰臟、腎、肺、胃、小腸、大腸等等……全部在那個女人的身體上拿走！

他們好像完全沒感覺，就像在裝嵌電子零件那樣簡單！

我想起了我在內臟部分類的內臟……

原來……原來有些是**人類的內臟**！現在我很想吐出來！

運輸帶最後一個步驟，就是把那個女人……肢解！

先斬下她的手腳，然後是頭顱，分成五份；最後，只餘下空殼的身體從吊勾中脫下，就像垃圾一樣，掉進一台巨型的碎肉機內！

只有人類的屍體會掉進碎肉機，其他空空如也的畜生屍體只是放在一邊，很明顯，他們要……毀屍滅跡！

把吃人類內臟的證據毀屍滅跡！

我終於明白，為什麼要我們分類內臟，工場就是想把人類的內臟混入其他畜生的內臟裡，讓對內臟完全沒有認識的員工分類，根本就不會有人知道其中有……**人類的內臟！**

吃人肉我也曾經聽聞，吃人類內臟真的從來聞所未聞！噁心至極！

我只想到，吃人胎的那些富人；這些人類的內臟，也許，就是賣給有錢沒地方用的有錢人！

畜生的人類，把人類變成了真正的畜生，然後成為了「補品」！

「瘋了嗎……瘋了嗎？」

林固高一早就走去和那些員工聊天，如果沒有估錯，能夠在這裡工作的人，不是兇殘的連環殺手，就是見血更高興的變態殺人犯！

我已經沒有了人造左眼，沒法把看到的畫面拍攝下來，我拿出了筆型的相機，拍下這可怕的工場，

我一定要公開這毫無人性的食物工場！

就在我拍攝著整個屠宰部之時……

「你在做什麼？！」

我回頭看，那個趙國強回來了屠宰部！他的手上，還拿著個大鐵勾！

「國強！快過來！」

同一時間，其中一位員工高興地大叫。

我跟他一起看著那個員工，他指著一具被吊起的屍體……

不……不是屍體……

那個被吊起的赤裸男人……**還、未、死、去！**

全場的員工變得興高采烈！

「我來！我要玩！」

「你上次玩過了，這次到我！」

他們一直劏開、肢解、挖內臟的都是死屍，現在，有一個還未死去奄奄一息的人可以被他們劏開、肢解、挖內臟，他們……非常高興！他媽的高興！

那個叫趙國強的男人，視線卻沒有被未死去的男人吸引，我有兩個選擇：一、趁他不注意立即逃走；二、嘗試拯救那個將會被劏開的男人！

我只考慮了一秒，我……

立即逃走！

我見死不救嗎？對！我也是畜生，我才不會去救一個我不認識的男人！

對於那個男人的親人來說，我絕對是一隻畜生，不過，對於我的朋友來說，我的選擇是正確的！

所以說，人類比畜生更不如，至少畜生不需要選擇，而人類卻在可以選擇之下……**見死不救！**

「固高！快逃！我已經拍了片！」我在門前回頭說。

然後，我把筆型相機掉給了他！他呆了一樣接著我的相機。

「什麼……什麼意思？」他還在疑惑著。

「他們是一夥的！捉住他！」趙國強指著林固高大叫。

其他員工立即把他捉住！

我就這樣把相機給了他？別傻了，拍到的通通已經同步到我的手臂之中！

林固高你也肢解了不少的少女，現在你也許會成為他們的肢解對象！我替被你殺害的少女報仇！

你、死、有、餘、辜！

我快速走出屠宰部，走到樓梯處，食物工場響起了警號！我看著樓梯下方，幾個島管已經從地下跑上樓梯！

我立即走向四樓，走進了內臟部！

此時，我正好碰上了鄧家勇！

「鍾笙？」

「死開！」我立即把他推開，然後逃跑。

我回頭看了他一眼，他的表情很驚慌，然後我看著上方的監察攝錄機，應該拍到了。我不能跟他有任何關係，我不想連累了鄧家勇，才會用力把他推開！

現在整個工場都是島管，我要如何逃走？

在這裡工作了一星期，也不是白活的，我已經找到一個讓我安全離開的方法！

我快速跳上運送內臟的傳輸帶，其他員工呆了一樣看著我。

我每一步也踏在軟軟的內臟之上，直至跑到了傳輸帶的盡頭，我看著一條深不見底的運輸管道，我……一躍而下！

「呀！！！」

就像滑梯一樣，我從四樓一直跟爛肉與內臟滑下去！直到來到了底層！

因為內臟都是軟軟的，就像床墊一樣把我整個人承托著，我完全沒有受傷！

我從廢棄內臟池中爬了起來，全身都是內臟的液體，我看著在底層工作的工人，他們全都被我嚇呆了。

「離開的門在哪裡？」

我用一個兇狠的眼神看著他們。

幾個工人指著同一方向。

也許，他們一世都不會忘記，我這個全身內臟液體的男人，像怪物一樣的眼神！

……

……

三天後，晚上。

一個穿著白色西裝，戴著太陽眼鏡的人，來到了天騰島樓高一千二百一十八米，擁有三百二十層的天騰集團大廈。

他來到接待處。

「先生有什麼可以幫到你？」接待的小姐禮貌地問。

「我有東西要交給張賓實、史弗貴、李路明，這三個人。」他說。

然後，他把一個黑色盒子放下。

「先生對不起，如果你沒有預約……」

「他們三個都想找我，根本不需要預約。」

他把太陽眼鏡拉下，露出了沒有眼睛的左眼。

接待小姐非常驚慌，不過，她專業地收起了驚慌的表情。

「交給他們，謝謝。」

說完後，他轉身離開。

接待小姐打開了黑色的盒子，是一個人類的心臟！還有一片儲存晶片，她忍耐不住大叫起來。

「發生什麼事？」另一個職員走了過來。

「剛才那個人……」接待小姐指著前方。

他已經離開。

他們不會想到「他」會回到工場，更不會想到，「他」竟然夠膽一個人來到天騰島的「心臟」天騰集團大廈！

鍾笙月，究竟有什麼計劃？

CHAPTER 09

食物工場

Factory

06

天騰集團大廈，三百二十樓的會議室內。

三個天騰集團的高層，正在討論著。

他們是張賓實、史弗貴、李路明，他們已經看過鍾笙送來的儲存晶片內容，包括監獄中囚犯被虐待、畸形人展覽館的環境、食物工場五樓所拍下的情景，還有「光新月」種植大麻、罌粟、迷幻蘑菇等等毒品的資料。

史弗貴是監獄的最高話事人、李路明全權管理畸形人展覽館、張賓實就是「光新月」的幕後主腦，而食物工場，就是他們三人都有份的生意。

「媽的，這個畜生月，簡直就是一條討厭的臭屎蟲！」像老鼠一樣的史弗貴憤怒地說。

「他是怎樣拍到這些影片？」六呎四的李路明說。

「我已經調查過內部，沒找到內鬼。不，應該說可疑的人都被我殺了，不可能是內部的人搞鬼。」史弗貴說。

他們並不知道，鍾笙的眼球可以錄下眼前畫面的事。

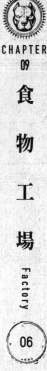

「我那個白痴女兒出事後，我調查過這個叫鍾笙月的人。」方臉的張賓實說：「他原名叫鍾允昱，是個孤兒。三歲時父母在火警中死去，五歲入住崇德孤兒院，在光大小學和中學讀書，中三輟學。之後跟一個叫周金杰的人開了一間加密貨幣公司，最近因加密貨幣詐騙案入獄天騰島。」

「他的父母是誰？」史弗貴問。

「沒找到資料。」張賓實說：「有關他的親人資料，通通都被刪除。」

「誰可以這樣做？」李路明問。

「天曉得，不過，絕對是一個很有勢力的人。」張賓實喝著紅酒。

「本來我想跟賓實哥拿他的親人和朋友來做籌碼，不過他公司的員工全部失蹤了。」李路明說。

「還有，他在島上認識的兩個女生，柳麻子和陳彩英也同樣失蹤，GPS 也失靈，我懷疑他已經一早安排好。」張賓實說。

「電死他吧！這隻畜生！」史弗貴說。

「已經電過一次，再用耳朵裝置懲罰他，他可能會死。」張賓實說：「問題是，他不可能不知道我們可以這樣對付他……」

「如果他死了，這些影片就會傳出去！」史弗貴說。

張賓實點頭。

「只是一隻臭蟲而已，他有什麼資格對付我們？」李路明說：「我們上億的生意額，不可能被他破壞。」

「現在不是有個很好的機會對付他嗎？」張賓實指著晶片最後一個訊息。

訊息的內容是……

「三天後，李路明的私人飛機見，三位都要到齊，不見不散。」

「我們有需要被他擺佈嗎？」史弗貴生氣地說。

「不不不，阿貴，你錯了。」張賓實露出一個奸險的表情：「我來問你，這麼多年來有什麼人可以威脅到你？想在我們身上拿著數的，下場如何？」

「全部橫屍街頭！」李路明將一把小刀插住了桌面。

「我們就跟這個小弟弟玩玩，老子已經很久沒被人迫到這個境地。」張賓實笑說：「而且，我已經想到了對付他的『計劃』。」

無敵是最寂寞。

不是說過了嗎？

一個有上億，不，也許上十億百億身家的人，有什麼女人沒上過？有什麼風浪沒見過？

他才不怕區區一個鍾筌月。

「他對付我那個白痴女兒還可以，對付我們三個？嘰嘰！」張賓實說：「三天後，我們一起去會一會這條小臭蟲！」

他噁心的表情就像一隻……老狐狸。

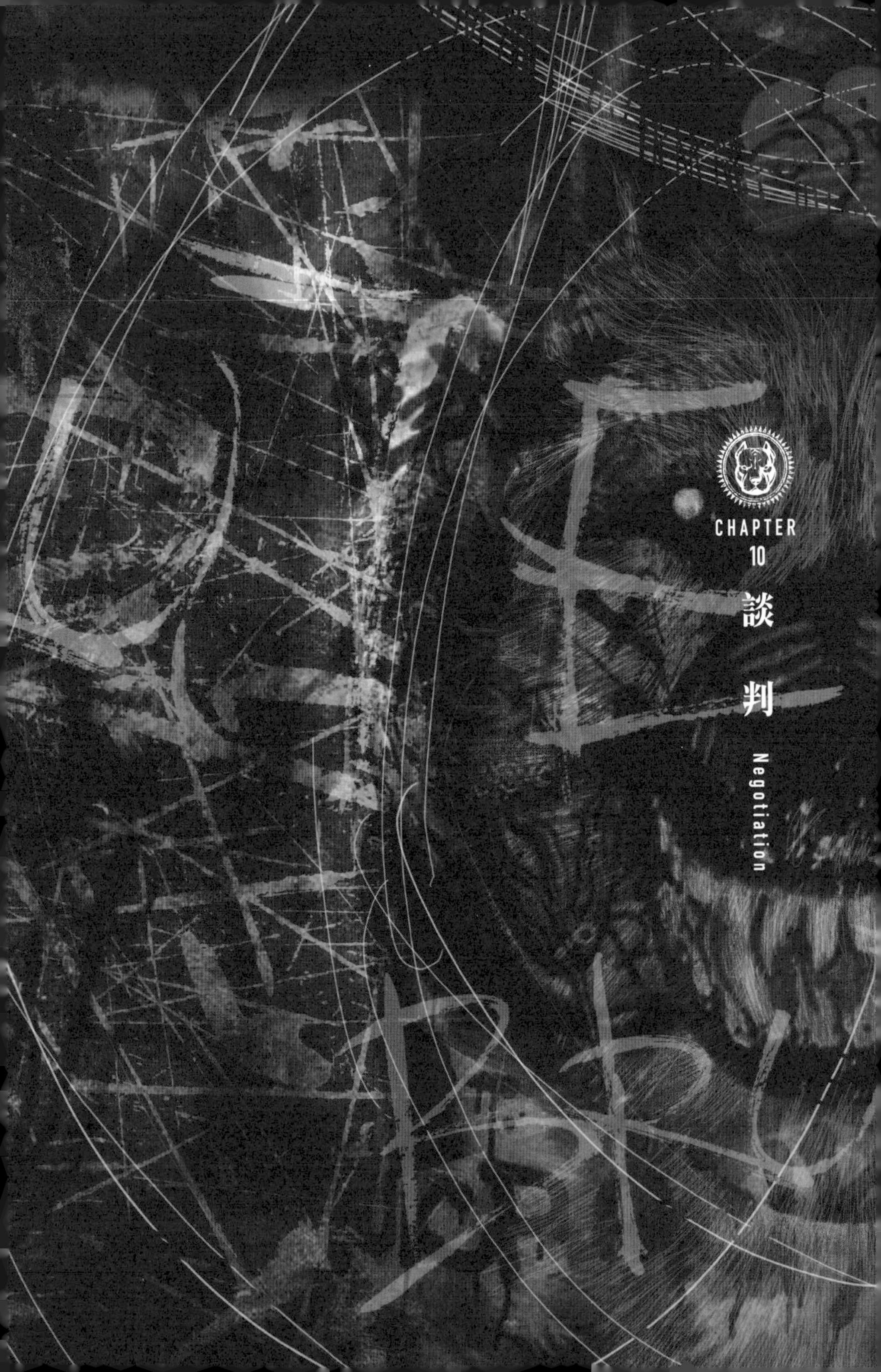

CHAPTER 10
談 判
Negotiation

CHAPTER 10 談判 Negotiation

01

三天後，秘密河邊。

這裡已經成為我用來靜思計劃的地方。

「反擊」。

現在已經不只是找尋我父母被殺的真相這麼簡單，永超與企叔慘死，我要替他們報仇，我要打倒整個天騰集團！

「鍾笙，你真的一個人去？」夢飛坐在我身邊。

「對，一切已經準備好了。」我說。

「這樣會很危險……」夢飛的頭依靠在我的肩膀上。

「沒事的，我下一步棋絕對可以把他們將死！」我說：「然後就可以解放貧民窟的居民，這不就是妳最想做到的事嗎？」

「的確想，不過，我就是怕你……」

「妳不會是喜歡上我？」我看著她笑說。

「才……才不是！」夢飛緊張地說：「我只是擔心你的安危！」

我沒多說半句，直接吻在她的唇上。

她沒有抗拒，配合我的動作。

「可能是我喜歡妳呢。」我笑說。

「真……真的嗎？」夢飛的臉紅了起來。

「妳知道嗎？在妳身邊的朋友之中，就有36%都是畜生，而在妳人生愛過的人中，有90%都是……人渣，可以長相廝守的人，也許就只有10%。」我說：「別完全相信任何跟妳說『喜歡妳』的男人，知道嗎？」

「但不是還有10%嗎？」她用水汪汪的大眼睛看著我。

這想法真的很笨。

世界上真的太多笨蛋呢。

我想跟她說，我絕對不是那10%，不過，我說不出口。

我再次吻在她的唇上。

……

‥

．

下午。

礦場附近的小型飛機場，一架私人飛機已經停泊在那裡。

張賓實、李路明、史弗貴三人，還有我，我們已經在機艙內，他們的手下不能進入，只能在外面等待，當然，我也不能攜帶武器。

史弗貴的**FPV** 是 **$5,000,000,000**。

李路明的**FPV** 是 **$7,000,000,000**。

張賓實的**FPV** 是 **$10,000,000,000**。

五十億、七十億、一百億！

他媽的，我從來也沒見過加起來有二百億的人坐在我面前，我的心跳加速，非常興奮！

不過，我非常肯定，他們上億的身家，全部都是在窮人身上賺回來的，畜生、禽獸、人渣、賤種也不足以形容他們。

如果這次是一場談判，我絕對沒有任何的勝算，不過，只要他們不想兩敗俱傷，我還是可以用「同歸於盡」作為籌碼。

「沒想到你是這麼年輕的呢，不過，沒了一顆眼睛也太可惜了。」史弗貴做著他一向的工作，倒酒在我的杯內。

「我沒有了一隻眼，總好過有人成世也像老鼠。」我笑說。

「操你的，你說什麼？」史弗貴停止了斟酒。

「阿貴，別要這樣，過門都是客。」張賓實說。

我的說話，就是要摸清他們的底，那個叫史弗貴的容易激動，張賓實絕對是老奸巨猾。

「說吧，要我們來見你有什麼目的？」那個至少有六呎四以上的李路明說。

「首先，我夠膽來你們的地盤，很明顯我是有備而來，你們也知道吧。」我笑說：「如果你們殺了我，談判終止，全世界都知道你們的所作所為，我相信我手上的『證據』，絕對可以打擊你們上億的生意。」

「你的目的是什麼？」李路明再次提問。

他絕對是一個急性子。

「我要你們……解放貧民窟。」

CHAPTER 10

談判

Negotiation

02

「條件一，解放貧民窟，讓貧民窟的居民，得到更好的生活。」我說。

事實上，只要在富人手上拿出1%的錢，就已經可以拯救世界上90%的窮人。當然，我提出這個條件是為了夢飛。

「條件二，不再無理殺害囚犯，所有畸形人展覽館、人類內臟的生意，全部結束。」我說：「老實說，你們真的夠變態。」

當然，殺人的工作都交給了手下和殺人魔，不過，他們才是真正的幕後黑手。

他們沒有說話，只是等待我繼續說。

此時，我的手機響起，是金杰，不過，現在不是接電話的時候。

「條件三，我要知道我父母被誰所殺？誰人主使？二十年前，究竟發生了什麼事？」

「你父母的死，又關我們什麼事？」李路明說：「老實說，我們連你父母是誰也不知道。」

他們真的不知道？沒有調查到？不可能。還是扮作不知道？

「鍾笙老弟……」張賓實搖搖頭：「你的條件也太嚴苛了，你真的覺得可以威脅到我們放棄自己的生意？」

「你是在拒絕？」我蹺起腳說：「全球三百間大小型傳媒，還有數萬個KOL將會收到我拍下的罪證，就算你們有什麼渠道可以阻止傳播也沒用，影片將會在網上複製又複製，你們怎樣也杜絕不了，永遠也不會消失。」

他們對望了一眼。

「如果我們依照你的說法去做，你又怎樣證明會永久燒毀你手上的影片？」張賓實問。

「我已經把所有影片保存在加密的區塊鏈上，我從來沒有把罪證轉移過，區塊鏈沒法騙人，可以看到沒有任何的轉移與交易。」我說：「我會把加密的區塊鏈使用權交還給你們，你們就可以永久刪除儲存的資料。」

區塊鏈，就是一個「去中心化」的網絡，沒有中間人，都是由「合約」強制執行，而且可以調查到資料是否經過轉移或已刪除等等情況，非常適合用來交易。

區塊鏈那一組冰冷的數字，比起人類的「信任」，更值得信任。

「看來你真的有備而來呢。」李路明說：「不過問題在，就算我們答應你條件一和二，有關你父母被殺的條件三，我們根本不知道原因。」

「張岸守。」我說：「如果你們不知道，那就讓我見張岸守，或者他會知道真正的原因。」

他們三個再次對望。

然後……一起笑了。

「鍾筀月，我真的很佩服你的膽識。」張賓實說：「如果你是我們這邊的人，我一定會重用你。」

「不不不，把他交給我，我可以用來做畸形人的模板。」李路明說。

「還是把他的內臟取出來做食品更好？」史弗貴說。

等等……

很奇怪……

氣氛變得很奇怪……

我沒想到他們聽到我所說的，依然這麼輕鬆……

跟我腦海中的畫面完全不同！

「鍾筀月，剛才不是有人打電話給你？」張賓實瞪大了眼睛：「為什麼你沒聽呢？」

什麼意思？！

CHAPTER 10

談判

Negotiation

03

五分鐘前。

西貢，伊隆麥的秘密住所內。

周金杰、冰孝奶，還有榮仔，正在看著直播的突發新聞報道。

是一則有關天騰島的突發新聞。

畫面中，監獄獄警用警棍毆打囚犯、種植大麻的農田、畸形人展覽館、人類內臟食品工場……

部份畫面過於血腥，已經加上了馬賽克。

全部都跟鍾笙拍到的畫面差不多！

「怎會這樣？」金杰皺起眉頭：「我們還沒有發出影片到各大傳媒！」

「鍾笙會不會有危險？」孝奶非常擔心。

「鍾笙哥沒有聯絡我們！」榮仔說：「他應該還未有事！」

「為什麼會這樣……」金杰說：「是誰比我們更早把這些影片發給了傳媒？」

此時，畫面轉到女主播的直播室。

「剛才我們收到這段有關天騰島的一分鐘影片，畫面非常駭人。最初我們也有考慮要不要播放，最後為了公眾的知情權，我們還是選擇播出。」

「搶收視就搶收視吧，說什麼知情權？」榮仔說。

「噓，別吵，聽聽她說什麼。」孝奶說。

然後，出現了大埔科學園的畫面，有幾個男人被警方用手銬鎖上帶返警局。

「我認得他！他是那套《死人故事》的導演！」榮仔大叫。

「導演？」

畫面繼續播放著，主持說：「今晨警方在科學園拘捕張志華導演及其團隊，團隊包括荷里活特技製作人及道具部人員。警方稱，懷疑他們偽造影片勒索天騰集團。其電影團隊的特技製作人員曾有多部電影入圍奧斯卡，影片製作非常迫真，而且充滿血腥。」

「什麼？！偽造……偽造影片？」孝奶完全估不到事情的發展。

金杰大概已經知道發生了什麼事，他立即打電話給鍾笙。

「快聽電話！死仔！快！」金杰心急地大叫。

「有傳張志華導演以及一眾工作人員已經認罪，現等待警方進一步公佈……」主持突然收到了新的指示：「剛收到天騰集團的發言人直播，我們先看看直播畫面。」

畫面再次轉到了天騰集團的發佈廳內，金秀日已經站在演講台上，他的樣子非常嚴肅。

「各位傳媒朋友你們好，首先我要慎重澄清，偽造的影片幾可亂真，非常真實，這個電影製作團隊甚至請來外國的特技製作人來偽造影片，如果是二十年前，也許沒法做到現在一樣逼真。但現在是二零四四年，他們已經可以做到跟真實幾乎一樣。」金秀日發言非常有力：「我們強烈譴責這個用影片來勒索我們天騰集團的導演及其團隊，在此，我澄清相關影片絕對不是事實，完全是偽造，天騰島上，絕對沒有出現這些違反人性的行為與事件。」

閃光燈閃過不停，他繼續說。

「當我們收到勒索後，立即通知警方。可惜，該團隊知道勒索失敗，仍然把影片發到各大傳媒，他們知道傳媒因為收視的關係，一定會播出，然後用陰謀論的說法，去誣蔑我們天騰島上真的發生過這些可怕的事，想引起公眾恐慌。希望大家明白，我再次澄清，天騰島的居民和囚犯依然正常地生活，絕無影片中的可怕畫面出現。」

太巧合了。

巧合得過份。

首先是影片發給傳媒播出，然後是抓到製作團隊，而團隊也認罪，最後是金秀日出來澄清，全部都好像是……「一場安排」。

當然，只有知情的人會覺得是一場無懈可擊的「安排」。

影片是假的？是導演的製作？

錯了，全部都是真實的，導演及他的團隊只是收了錢的「演員」。

影片是他們發放的？

又錯了，影片不是導演發放，也不是金杰他們，而是由……

張賓賓三人發放！

張賓實的計劃。

他明知鍾笙擁有可以把他們整盤生意打垮的影片，他就這樣任由鍾笙控制？

當然不會。

老奸巨猾的他，想到一個計劃。他要比鍾笙更快把影片發給傳媒，然後收賣導演和團隊，假裝成電影一樣；把真實的畫面，變成了電影畫面！在這個時代的特技，已經可以跟真實的有99%相似。

他這樣做，就算鍾笙之後再把影片發放給傳媒，公眾都只會當是陰謀論，因為影片跟現在流出的都非常相似，都會被人視為「虛假」影片。

同時，公眾就會覺得鍾笙他跟張志華導演一樣，都是為了勒索、騙錢，又或是想誣蔑天騰集團才會把影片放出。

現在鍾笙擁有的影片，已經不能成為他的「籌碼」。

已經變成了……垃圾！

……

……

飛機艙內。

我看著他們播放的直播……額上的汗水不禁流下來。

我一直錄製的影片，明明是真實的，卻變成了「偽造」，已經完全失去了價值！

他們……果然是老謀深算的畜生！

「畜生月啊畜生月，你還有什麼想說嗎？你還有什麼條件？快說吧。」史弗貴狡猾地笑說：「看看我們會不會接受？」

「等等……」我看著飛機艙的門，很明顯已經被反鎖。

「你想逃走嗎？」李路明拿出一把刀插在桌上：「把你斬手斬腳餵狗我覺得也不夠，要想想新的玩法。」

「研發人形魚後，不是還有新的人形豬呢？」史弗貴說：「我們就把他的頭放上豬身上，我要他求生不得求死不能！」

我不斷地搖頭，我回憶起被斬去手臂與挖出眼球的痛楚！

「你知道嗎？我年中不知對付幾多像你一樣的人，不自量力！你以為這樣就可以威脅我們？」張賓實變得非常神氣：「不如先電一電你，看看你的生命力會不會像甲由一樣頑強，哈哈哈！」

他扮作在手臂上按掣。

「不！等等！先等等！」我立即叫停了他：「我不想被電死！」

等等……我還未輸的……還未輸！

還有方法……還有！

「對付完你之後，到你身邊的朋友！」史弗貴露出了淫邪的笑容：「我看過了，你從前的同事冰孝奶是個大波妹，還有那個老師陳彩英和學生柳麻子，全部都是美女呢，我先上哪個比較好？還是一起上？」

「你上完後一定要給我拿來研究，把他們三個變成三頭一身的連體嬰，應該很多人想欣賞！」李路明想了一想：「不，應該是有很多人想『慢用』，哈哈哈！」

「求求你們放過我吧！」我跪了下來向他們叩頭：「放過我，我會把三個女的騙來交給你們，你們就放過我！」

「正畜生！」張賓賓一腳把我踢開：「像你一樣不要面的畜生，我真的少見，嘰嘰！」

我整個人被踢到躺在地上！

「放過你嗎？好！」

史弗貴站了起來，然後拉下褲鏈，他在放冰的鐵桶中小便！

還不夠，他把紅酒、煙灰缸內的煙頭，通通倒入鐵桶，最後還吐下口水！

「來，喝了這杯特製『紅酒』，我就看看要不要放過你！」他笑說。

我爬了起來，拿起了那個鐵桶，桶中的東西又腥又臭！

「畜生，快喝吧！要整桶喝完！」

我吞下了口水……

還有方法的……還有！

CHAPTER 10

談判

Negotiation

05

「臭蟲，你在考慮什麼？剛才你不是很囂張的嗎？快飲吧！」

史弗貴把鐵桶推向我的嘴巴，我用力頂著不讓桶碰倒我的嘴！

然後，李路明的刀已經來到我的頸邊：「快喝！」

鍾笙！沒事的！我有什麼噁心的事沒試過？只是飲尿而已，沒什麼大不了！

沒事的，沒事的……

我不斷在腦海中跟自己說。

我吸了一大口氣，然後……

大口大口把鐵桶中的東西灌入口中！

他們三人在旁瘋狂大笑！

他媽的瘋狂大笑！

「媽的！飲尿也沒問題，你果然是畜生！畜生！」史弗貴捧腹大笑。

我把整個鐵桶的東西通通喝下，我已經沒法忍受那又臭又腥的味道，直接吐了出來！包括剛剛吞下去的煙頭！

我一生人也沒喝過，這麼噁心的「紅酒」！

為什麼……

為什麼……為什麼「他」還未找我？！

快一點吧！快一點！

我心中暗念。

「現在……現在可以放過我了嗎？」我抬起頭看著他們。

說我是畜生？其實他們才是真、正、的、畜、生！

「你會不會太天真？你真的相信我們會放過你？」張賓實奸笑。

「你……你說什麼？」

張賓實按下了手臂，在飛機外面的黑衣人立即衝進來，他們把我壓在沙發上！

「阿貴，你玩完了嗎？到我了。」李路明拿起一把小刀在揮舞：「先切手指，然後到腳指！」

「放開我！放開我！」

我不斷掙扎，可惜被兩個黑衣人用力地壓著！

他把我的左手掌放在桌上！我完全沒法移開手掌！

李路明的刀已經在我的手指旁邊！

「給你選擇，由尾指開始？還是由拇指開始？」他一手抽著我的頭髮。

「由你媽的子宮開始！」我吐了一口口水在他的臉上。

「媽的！正畜生！」他手起刀落。

然後……

我感覺到強烈的痛楚！我的尾指被一刀切下！

他拿著我被切下來的尾指，血水還在一滴一滴落下！

我只能閉著氣，全身抖震，忍受著那份劇烈的痛楚！

「叫也不叫嗎？看來你也蠻忍得痛！哈哈！」

李路明笑得非常恐怖。

我用一個兇狠的眼神看著他！**我一定會報仇！一、定、會！**

「我們……繼續吧！下一隻！」

……

…

．

西貢工作室。

「媽的，鍾笙那個死仔沒聽電話！」金杰心急如焚。

「榮仔，他的生命跡象怎樣了？」孝奶非常緊張。

「心電圖非常亂！也許鍾笙正受著極度的痛苦！」榮仔心也在震。

他們也想起了，畸形人展覽館的畫面。

「現在有什麼方法可以救他？」孝奶拉著金杰的西裝：「快想方法救他！」

金杰低下了頭：「已經……已經沒有方法……」

他們全部人也靜了下來，腦海中想著鍾笙正在被人虐待……

就在他們已經無計可施之時，突然工作室的門打開！

「快！集齊了！」

他是伊隆麥！他已經有一點年紀，不過，依然充滿著男人味。

「伊生，這是……」金杰問。

「是鍾笙叫我找來的！」伊隆麥認真地說：「快發給他！」

或者，這是最後拯救鍾笙的方法。

CHAPTER 10 談判 Negotiation

06

兩天前。

伊隆麥在自己的家，接到了鍾笙的電話。

「伊生，真的麻煩你了，上流社會的人，我沒你認識得多。」鍾笙說。

「沒問題，雖然我已經『失蹤』了，不過琳絲會幫手的。」他說。

凱琳絲曾是伊隆麥的秘書，現在已經是他的太太。

「麻煩你們。」鍾笙說：「這個很重要，如果我的計劃A失敗了，這計劃B可以拯救我。」

「你真的很像你父親。」伊隆麥笑說：「我知道，也許多明也曾這樣說過吧。」

「對，嘿。」鍾笙笑說。

鍾笙曾經不喜歡其他人說他像父親鍾入矢，不過，現在的他對這個看法，有點改觀了。

「我知道說什麼也不能阻止你，我也不會說別要硬來這些說話，因為你父親也是一個不會聽話的男人。」伊隆麥說：「我只有一句說話想跟你說。」

「是什麼？」

「別要死去。」

……

⋯

・

飛機艙內。

鍾笙已經被切下了尾指。

「我們……繼續吧！下一隻！」李路明再次拿起小刀準備切下第二隻手指。

此時，鍾笙收到了金杰發送過來的訊號！

「播放！」鍾笙大聲叫著。

在他被壓在背上的手臂出現了一個立體影像，全部人也看著那個影像中的名字……

「什……什麼？！」

第一個有反應的人是……史弗貴！

「放、開、我！你們他媽的放開我！」

鍾笙用盡全力掙扎，兩個黑衣人還未知道發生什麼事，鍾笙成功擺脫他們！

他立即用沙發上的布包著還在流血的手！

「你們……你們先出去！」張賓實說。

「張生，這樣……」黑衣人擔心鍾笙會攻擊他們。

「媽的！聾的嗎？你們同我死出去！」張賓實大叫。

看到鍾笙放出的立體訊息後，現在連張賓實也不能冷靜下來。

「嘿嘿嘿嘿……嘿嘿……哈哈哈哈！」

「哈哈哈哈！」

鍾笙像瘋子一樣大笑！瘋狂地大笑！

「媽的，要我飲尿？切我的手指嗎？」鍾笙用一個惡魔般的眼神看著他們：「現在我要你們食、屎、也、可、以！」

究竟，發生了什麼事？

他們不是已經沒有把柄被鍾笙捉住嗎？

為什麼看到了這個「訊息」之後，他們三個人也變得非常驚慌？

這就是鍾笙最後的「王牌」！最後的計劃！

他要……反擊！

「鍾笙老弟……剛才切下你的手指只是一時興起。」李路明突然變得客氣：「沒有惡意的。」

「沒有惡意？」鍾笙像獅子一樣吼叫：「那讓我來切你一隻手指！」

「你先冷靜……」張賓實打開雙手說：「我們有事慢慢講。」

「講你老母。」

鍾笙按下了手臂，其中一行文字閃爍著，不到五秒，張賓實的手機響起。

他看一看手臂，沒有接聽，應該說是……不敢接聽！

伊隆麥發給鍾笙的訊息是一份名單……

名單中，除了富豪、大明星、政界人物，還有……

國家領導人！

他們都是天騰島的……「客人」。

CHAPTER 10

談判

Negotiation

07

鍾笙的計劃。

他本來想將拍到的影片公諸於世來威脅張賓實三人，不過，他心中總是覺得不會如此的順利，結果如他所想，張賓實利用了他的計劃，把真實的影片變成了「虛假影片」，鍾笙失去了他的籌碼。

他知道如果計劃失敗，他不只是會死，甚至會生不如死，所以他想到了「第二個計劃」。

他們除了怕天騰島情況的影片流出之外，還怕什麼？

沒錯，就是「客戶」的資料外洩。

去看畸形人展覽和吃人類內臟的「客人」，絕對不會是普通人，而且很有可能是世界上有權有勢的人，鍾笙想到這裡，就知道那些客人絕對不能……「得罪」。

當然，保護個人資料這方面，張賓實他們做到滴水不漏，不過，鍾笙找到了一個調查的方向。

加密貨幣的錢包，有一個非常重要的步驟，就是用紙筆抄下十二至二十四個字母的「助記詞」，助記詞就是錢包的密碼。為什麼要用手抄下？因為放在手機或網絡上都不會是最安全，只有手寫下來，才不會有駭客得到你的「助記詞」。

鍾笙想到這一點，他們不會把「客人參觀」的時間日子放在網上，他們一定會用某些方法，去記錄下來，沒錯，就是手抄下來。

他在火燒展覽館前，走進了辦公室，鍾笙拿走的就是……「客戶光臨日期及時間」日程本。

客戶都是經私人飛機來到天騰島，不過，因為來自不同的國家與地區，他們依然會有出入境紀錄。對照出入境紀錄的日期及時間，找出來到島上參觀的「客戶」。

可能你會問，世界上成千上萬的人出入境，要調查也要很多時間吧？

錯了，鍾笙拜託伊隆麥只調查身家上億的人物及有權力人士的出入境紀錄，就可以找到真正的「客戶」，這些人，才佔入境的人口 0.00001%。

那些有權又有錢的人，沒想到「富有」反而讓他們踏入萬劫不復之地！

另外，食物出口，他們把人類的內臟賣給的人，絕對不是貧窮的普通人，一定是大富大貴的富人，鍾笙在天騰島的「內應」調查到，工場送出的食物大部分會經大型貨機送出天騰島，卻有數量極少的，會由私人飛機送到某些特定的地址。

不知道的人當然不以為意，但鍾笙知道，那些大型貨機送出的，是牛、豬等等的內臟食品，而私人飛機運送的，就是……人類的內臟加工食品。

而私人飛機的工作人員根本就不知道那些是人類的內臟，也許內臟都是以正常的「包裝」裝著，他們不需要「偷偷地」運送，甚至運送的地址也不用隱瞞。「內應」得到了所有訂單的地址。

然後，伊隆麥幫忙調查地址的「主人」是誰，就可以找出……真正的「食家」。

就這樣，那份「名單」出現了！

「名單」中全部都是有頭有面的富豪、大明星、政界人物，甚至……國家元首。

張賓實不怕被傳媒報道，但他們卻得罪不起這些有財有勢的人，還有國家領導人！

他媽的得罪不起！

如果，鍾笙把名單公開，會有什麼事情發生？

不用想也知道。

或者，到時比死更慘的人，不是鍾笙，而是這「三隻畜生」！

CHAPTER 10

談判

Negotiation

08

飛機艙內。

「為什麼不聽電話？可能是你的客戶找你吧？哈哈！」鍾笙興奮地說。

鍾笙再按下手臂，再向名單中的人，發出訊息。

訊息內容就是「你吃了什麼？你看了什麼？」之類的暗示，明白的人，當然會知道是什麼意思。

此時，史弗貴與李路明的手機也同時響起！

你猜那些有財有勢的人會問他們什麼？

會不會很客氣地問發生了什麼事？還是直接問候他們的娘親？

「你別再發了！」張賓實大叫：「我們再來談判！」

「現在又說要談判了嗎？」鍾笙露出一個邪惡的表情：「不，我不想談判了。」

「操你娘！你想玩什麼？」李路明直接拿出了手槍指著鍾笙。

「我應該要怕嗎？」鍾笙走向了手槍的槍口：「來一槍打死我！然後你們全部的客戶都會收到訊息！而且傳媒都會收到！到時你們說的『虛假影片』，我真想知道你們怎樣解釋？白痴！」

「你……」李路明非常生氣，真想一槍打爆他的頭。

「還有，十分鐘後，如果我不能安全下機，全部訊息發放，將會在區塊鏈上強制執行！」

鍾笙完全不怕，現在根本是缸瓦撼瓷器，鍾笙大不了一拍兩散，但他們三個卻不同，同歸於盡對他們來說，完全沒有好處！

「就跟你的條件做……」張賓實撥開了李路明拿槍的手：「你滿意了嗎？」

「才不滿意！我要追加條件！」鍾笙看著史弗貴：「剛才你要我飲你的尿嗎？現在……輪到你了！」

鍾笙指著地上，自己剛才吐出的嘔吐物！

「我、要、你、舔、得、乾、乾、淨、淨！」

鍾笙像天狗一樣的顏藝表情，出現在他只有一隻眼的臉上！

「你……」史弗貴氣得沒法說話。

「舔吧。」張賓實說。

「你說什麼？」史弗貴看著他。

「你不舔我們大家都沒命！」張賓實說：「你他媽給我舔！」

狗咬狗骨！

當影響到大家的利益時，畜生賤狗就會狗咬狗骨！

史弗貴也知道事態嚴重，他不情不願也要做，他跪在鍾笙的嘔吐物前，呆了一樣看著。

此時，鍾笙走向他，一腳把他的頭踩下去，他的臉頰直接接觸那些噁心的嘔吐物！

「快吃吧！都是你自己的屎！你怕什麼！」鍾笙回頭轉看李路明：「你呢？」

「你……你想做什麼？」

鍾笙在地上拾起了自己被切下的手指。

「拿著它。」鍾笙笑容非常恐怖。

李路明不明白他想做什麼。

「你很喜歡畸形人嗎？你很喜歡吃人類的內臟嗎？」鍾笙說：「我要你……」

「吃、了、我、的、斷、指！」

「你這個人是不是瘋的？！」李路明大叫。

「不能一下就吞下去，我要你……慢、慢、地、咀、嚼！」

「快吃吧！」張賓實說：「就聽他的！」

李路明手也在震，然後拿走鍾笙的斷指……放入口中咀嚼！

同時，史弗貴還在舔著鍾笙的嘔吐物！

「至於你呢……」鍾笙看著張賓實。

張賓實退後了一步。

張賓實看過不少風浪，但他從來沒有如此的驚慌！

他看著鍾笙可怕的表情，他甚至想立即逃跑！

像怪物一樣的鍾笙，走到張賓實的面前，用最恐怖的顏藝跟他說。

「如何對付你？我……想到了。」他奸笑。

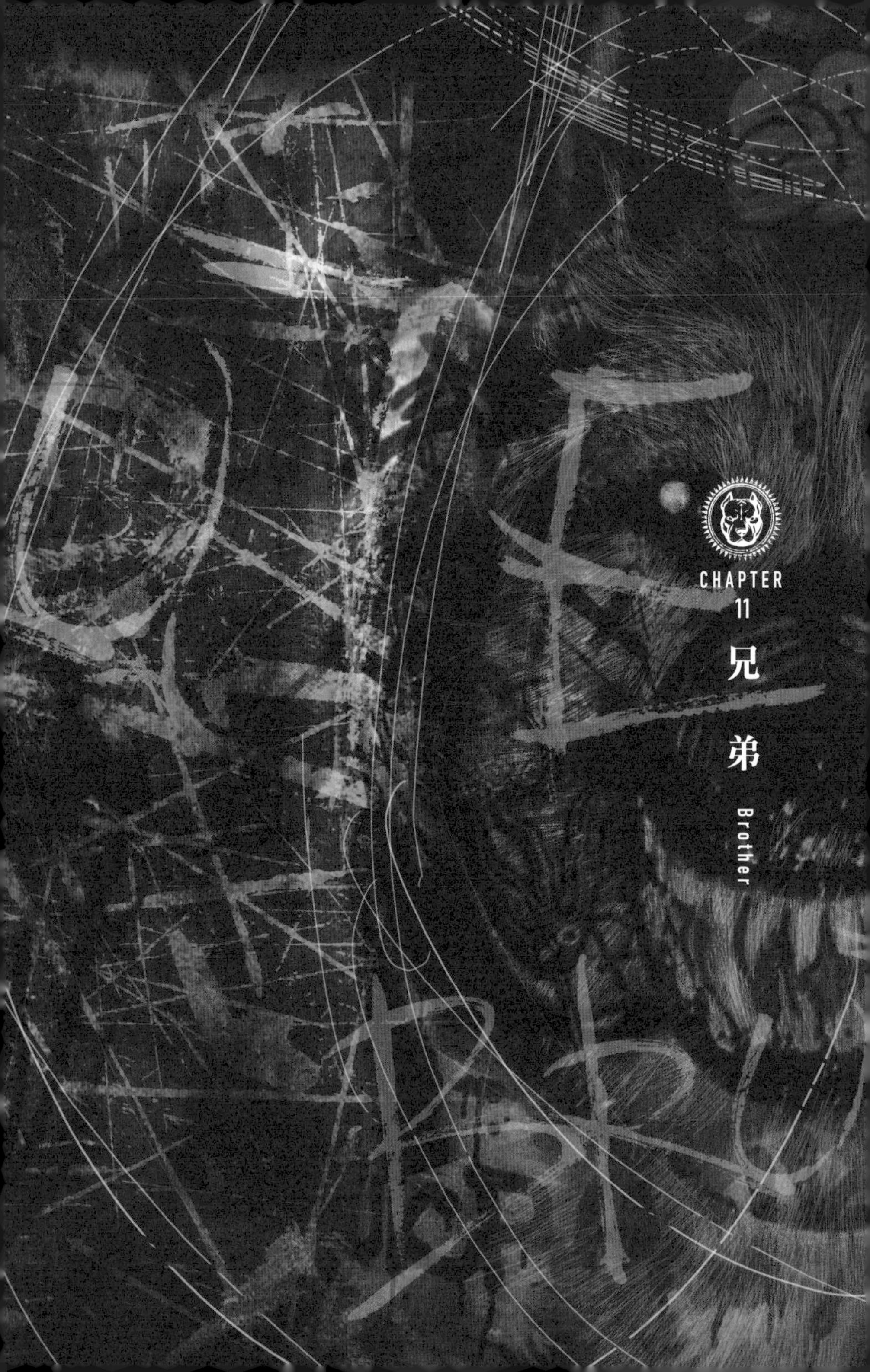

CHAPTER 11
兄弟
Brother

CHAPTER 11 兄弟 Brother

01

一星期後。

天騰區一棟豪宅的地庫。

金秀日蹺起雙腿，坐在純白的沙發上，他看著「他們」，再看看自己的白色西裝，染了一點點的血跡。

「唉，本來不想洗，可惜又要洗了。」

金秀再次看著他們，被吊起三個滿身傷痕的男人。

「都是你們，乖乖的聽話不就好了，掙扎什麼？」

三個被吊起的男人，他們分別是……張賓實、李路明，還有史弗貴！

他們三人的臉已經發紫，也許已經死了一段時間，金秀一直在欣賞他們臨死掙扎的樣子，同時，喝著他的一九八二年紅酒。

把他們殺死的人就是……金秀日。

為什麼？他們不是天騰集團的人嗎？金秀甚至幫史弗貴殺死永超和企叔，現在，為什麼金秀要殺死他們？

因為沒用的東西，就要像垃圾一樣「剷除」。

一直以來，天騰集團的元老都是張氏三兄弟張蘭灘、張岸守和張賓賓，另外史弗貴與李路明加入，他們五人在天騰集團的勢力非常大。

不過，有一個人想改變現在的「局勢」。

或者是天意的安排，鍾笙月的出現，讓「這個人」順利地剷除一直也看不順眼的這三個人。

「這個人」是金秀？才不是。

此時，「這個人」走進了地庫，走向金秀日。

「金秀，玩夠了，差不多時間要準備。」他看了一眼三具被吊起的屍體，完全沒有驚慌：「到你SHOW TIME。」

「知道了，不過我又要換件西裝了。」金秀轉身給他看著西裝的血跡。

金秀看著的他的恐慌指數，維持在1。

「去換吧，屍體會有人安排手尾。」他說：「總之，之後的事就交給你。」

「沒問題。」金秀跟他單單眼。

「另外，那個鍾筌月，也交給你處理。」他說。

「非常樂意。」金秀說：「哥，我先走了。」

金秀離開，男人再次抬頭看著三具屍體，三個曾經一起合作過的人。

「死有餘辜。」他說。

這個男人，就是張岸守的大兒子……張宙樨，金秀的大哥。

他不是在金秀辦公室安裝了秘密攝錄機嗎？金秀不是也想從他大哥手上得到最高的權力嗎？為什麼現在金秀又跟他如此的熟絡？

有些「親人」的關係，絕對不是這麼簡單，尤其是有錢人的「關係」。

「嘿，鍾筌月嗎？我應該要多謝你才對，就看你還有什麼計劃呢。」張宙樨拿出一個打火機點起了煙。

打火機上，刻上了數字「120」。

「真想知道你有什麼能力呢。」他吐出了煙圈，離開了地庫：「你爸曾說過我的分數，不知道，你又看到我什麼數字呢？」

鍾入矢曾經給他的分數？

究竟是什麼意思？

鍾入矢跟張宙樨曾經見過面？有接觸過？

鍾入矢曾看到張岸守的「人渣成份」指數是一百零一分，超越了他認知的一百分……

不過，這也不是他一生中看過最高的分數。

在他死去的那一年，他看到一個更高更高分的人！

那個人的「人渣成份」指數是……

一百二十分。

CHAPTER 11 兄弟 Brother

02

兩天後，天騰島的中央花園，這裡正舉行一個突發的新聞發佈會，大批記者來到了花園搭建的會場，希望得到第一手資料。

「上星期，張志華導演偽造天騰島狀況的影片，勒索天騰集團不果，被警方逮捕，這星期卻有驚人的發展。」一個現場直播的電視台主播說：「昨天，三位天騰集團最高級的領導層集體自殺，成為了全城話題，究竟他們的死是不是跟導演偽造影片有關？今天天騰集團的發言人張秀日召開記者招待會，希望我們可以得到答案。」

穿上白色西裝的金秀，從後方隧道走上了發佈會台。他神色凝重，雙眼通紅，明顯是曾經哭過的樣子。

「謝謝記者們的到來。」金秀開始發言：「我想大家已經知我們天騰集團的三位高層自殺的事，我謹代表天壇集團全人，向死去的三位高層家屬作出深切的慰問，希望他們可以渡過這痛苦的時刻。」

記者爭先恐後想提出問題，金秀給他們一個手勢叫停了他們。

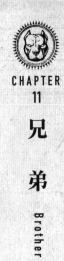

「關於張賓實、李路明、史弗貴三人自殺的事，我們已經知道了原因，跟大家所想的一樣，都跟早前偽造的影片有關。」金秀謹慎地說：「影片中，有關虐待囚犯和種植大麻等毒品的片段是……真確的。影片播出後，三位涉案的高層才跟我們承認上述犯罪行為。三位管理高層，隱瞞集團做出了這些不能饒恕的違法行為，我們得知事件後，立即問責，把他們解雇。昨天本想把三人交給警方，可惜，他們最後選擇自殺了結自己的生命。」

金秀露出一個痛心的表情。

「雖然，三位對天騰集團貢獻良多，而且，也許他們是一個好爸爸、好先生；不過，發生這些事，我們天騰集團絕對不能原諒與容忍。現在召開記者會，就是想澄清所有有關的事，全都是由他們負責，我們全不知情。」

兩個字，「割蓆」。

金秀把全部的罪名加諸於三人身上，當然，畸形人展覽館和人類內臟食品的事他沒有提及，只說虐待囚犯和種植毒品。

「我們集團會配合警方的調查，而且會把種植毒品的農場全部燒毀，虐待囚犯的獄長和其他懲教人員已經被解雇。同時我們承諾，不會再有虐待囚犯的事情發生，我們會以更透明的方法，向公眾公開天騰島的囚犯與居民的情況。」金秀堅定地說：「我們接受囚犯改過自身，而且讓在外面社會沒法找到工作與生活的市民居住，就是讓天騰島能給人希望。我們會繼續努力，讓大家可以過著快樂的生活，讓天騰島成為幸福的天堂！」

快樂的生活？幸福的天堂？他把說話……全說反了。

天騰島的貧民窟，簡直是地獄，怎可能是天堂？

外界會相信他的片面之詞？

他們真的沒有質疑天騰島上的生活環境？

「人類」……是最自私的生物。

金秀最後說出一段說話，讓任何的質疑變成了「感謝」。

「對於整件事情，我們向社會與各界作出最真誠的道歉，我們會為全港的市民派發每人一千枚天騰集團的加密貨幣，每枚約值一萬元港幣。希望大家可以接受我們的心意，用這些資金做更有意義的事。」金秀說。

聽到這裡，全場的記者瘋狂發問！

他們問還有誰虐待囚犯而要被譴責？種植毒品還有沒有其他知情人士？三位高層自殺會有什麼後續

跟進？

錯了。

問題已經變成何時派發加密貨幣？有什麼審核資格？海外人士會否同樣得到等等問題。

大家關心天騰島上居民的生活狀況嗎？

還是更關心將會到手的加密貨幣？用在哪裡？去哪裡旅行？送什麼禮物給情人？

很荒謬嗎？

對，世界各國政府，不就是用同樣的方法嗎？

人類，從來都是……**最荒謬的生物**。

CHAPTER 11 兄弟 Brother

03

全天騰島最高級的醫院。

鍾笙入住的私人病房，有二千呎的空間，所有設備應有盡有，甚至有一個小型泳池在病房內。

這星期，他得到了五星級的款待，他當然樂意地接受。

那天，他對付張賓實的方法，就是要他一起去美術學院，在眾目睽睽之下，跪下來跟自己女兒張貴香道歉。

除了因為鍾笙知道這是對張賓實最大的侮辱之外，他還知道張貴香總愛欺凌同學，大部分的原因，都是因為他父親張賓實。

最後，張貴香還在鍾笙的耳邊說了一句謝謝，看來她可能會像陳彩英老師一樣，長大後會有所改變，變得更好。

不過，鍾笙沒想到，張賓實會自殺死去。

「自殺？不可能，他們這種人渣寧願看著別人死，也不會自殺。」他在自言自語。

他坐在溫水的泳池中，看著幾個小時前的新聞轉播。

此時，護士走了進來。

「鍾笙，叫了你不能下水啊，你又走入泳池？你的斷指傷口還未好的！」護士說：「乖一點，快上來吧。」

「嘿，怕什麼？只是一根手指而已。」他笑說。

鍾笙在這裡住了一星期，已經跟護士混熟，「女人緣」這東西，他的確是最強的。

「還有你的眼睛，紗布不能拆下來啊。」護士說。

「沒事的，沒事的，我已經習慣了。」

護士替他的左手換紗布：「如果你當時找到不小心被機器切斷的手指，其實應該可以接駁回來的。」

「嘿，找不回來了，給人吃了。」

「什麼？」

「說笑而已，嘿。」

的確，已經被李路明吃掉了。

未來，鍾笙可以像右臂一樣，駁回一隻機械尾指，不過，他還是有一點後悔叫李路明吃掉他的斷指。當他憤怒的時候，有時真的控制不了自己。

他想起一句說話……「我有仇必報，我要你比死更難受。」

他在想，或者他是遺傳了父親的這一點，為了報仇，什麼也不理會。

此時，護士看到新聞的轉播。

「太好了，每人都會收到一萬元，天騰集團真的是大手筆。」護士一面包紮一面說。

鍾笙苦笑。

的確，全部人的目光已經轉移到那些加密貨幣之上。

「天騰集團的加密貨幣**TTC**發行價**$0.001**，現在升到**$10**。這代表了，就算他們要派給全香港一千萬人每人一千顆，他們都只是用了一億。」他在計算著：「加密貨幣炒的是熱度與話題，而且可以質押**TTC**來賺取利息，這代表了幣價可能再次上升，用最少錢，反而大賺了。」

鍾笙心中想，推卸責任、平息謠言，最後是利誘群眾，想到這方法的人，如果不是天才，就是最可怕的……惡魔，竟然想出這個「一石三鳥」的計劃。

「張秀日真的很帥！」護士看著發言的他：「能夠成為他的女朋友應該會很幸福！」

鍾笙收起了輕佻的笑容，看著轉播中的金秀。

這個計劃，是他想出來的？

此時，病房大門打開，一個黑衣人走了進來，鍾笙看著他，好像在哪裡見過。

「對不起，探病時間已經過了！」護士匆忙地說。

「張秀日先生想找你，希望你跟我們走一趟。」黑衣人說：「我在外面等你。」

「什麼？」護士非常驚訝，剛剛才說起張秀日。

鍾笙在思考著。

「鍾笙，你認識張秀日的嗎？你們是什麼關係？」護士好奇地問。

「我也想知道。」鍾笙月說。

CHAPTER 11 兄弟 Brother

04

天騰集團大廈。

這次，鍾笙是正式進入大樓。雖然不至於是貴賓式招待，但非常肯定，他現在已經不再以囚犯的身份，進入大樓。

他走進全球最快的升降機，很快已經來到三百二十樓，天騰集團的會客廳。

「鍾先生，有請。」

在會客廳的門外，不再是黑衣人，而是漂亮的工作人員，把大門打開。

大門打開，立即看到一張超長的會議桌，一個穿著白色西裝的男人，背著會議桌。他看著會議廳牆上掛著的一幅**Andy Warhol**作品，現在的估值至少四千萬美元。

員工關上了大門，會客廳內只餘下鍾笙與金秀。

畜生與禽獸……**終於見面**。

「一幅名畫值四千萬，這個價錢，可以救到多少第三世界的人呢？」金秀看著名畫說：「不過，更重要的是，有幾多人會願意用四千萬去救人，而不是買下這幅作品？」

鍾笙看著金秀的背影，皺起了眉頭。

除了小時候見過何大福，他也曾經見過其他不能看到數字的人，不過，這次有點不同，金秀給他一種似曾相識的感覺，就算只是看著他的背影，也出現了這奇怪的感覺。

金秀轉身，看著鍾笙。

「真想知道你現在是多少分數，3？還是8？可惜我看不到呢。」金秀走向了他。

「你……」鍾笙瞪大了眼睛。

「第一次真正見面……」金秀笑說。

然後他說出了一個字……

「**哥**，你好。」

哥？！

他就是鍾笙的親生弟弟？

而且他已經知道鍾笙就是他的哥哥？

「等等……」鍾笙搖頭：「我不明白，發生了什麼事？你就是……我的弟弟？」

「對，我就是。」

金秀已經來到他的面前，他們的身高差不多，視線同一高度對望著。

「其他人都叫我張秀日，其實我比較喜歡跟媽媽姓，所以熟悉我的人都叫我金秀日。」金秀微笑：「當然，我出世紙上是寫著……鍾允日。」

鍾笙不斷搖頭：「怎會這樣？」

「你看不到我的數字吧？這已經可以證明我沒有說謊。」金秀說：「你就是我的親生哥哥，鍾允昱。」

「你一早已經知道我就是你哥？」鍾笙問。

「不，才不是呢，你來到島上我才知道。」金秀說：「怎說你也鬧出了很多大事呢！我們怎樣也要調查你是什麼人。」

鍾笙想起了，自己也是因為多明叔來找他，他才知道自己有一個親生弟弟。他為了調查鍾入矢和金允貞死亡的真相，來到了天騰島，然後，金秀才發現他這個哥哥。

當時，金秀立即隱藏了鍾笙父母的事，他不想張賓實等人知道鍾笙就是他的親生哥哥，然後，反過來用計劃對付自己。

所以，當時張賓實他們沒法找到鍾笙父母的資料。

「哥，你真的很厲害呢，幫我對付了一直也很想踢出局的張賓實三人，我應該要謝謝你才對。」金秀說。

鍾笙以為什麼也是他自己的計劃，其實，他也只不過是天騰集團的一隻「棋子」！

「你還記得，你叫周金杰在島上幫助你的『內應』嗎？」金秀問：「我已經一早收買了他。」

「什麼？！」

「其實，我就是你的……『內應』。」

CHAPTER 11
兄弟
Brother
05

「怎可能？！」

「不然，本來的內應怎可能調查到食物工場的貨物會送到某些特定的地址？他又怎可能得到所有訂單的地址？」

的確，一直以來，那個「內應」只是替鍾笙搜集一些簡單的資料，還有買買某些在島上他沒有的物品，比如眼藥水、太陽眼鏡、衣服等，「內應」能夠查到地址，不似是他的能力範圍。

「你……一直也在利用我？」鍾笙非常驚訝。

「才不是！哥，我怎會利用你？」金秀的樣子非常無辜：「我是在幫助你，同時，你也幫助了我！幫助了天騰集團！」

「等等！我們父母的死是跟天騰集團有關，你為什麼會成為了張岸守的兒子？你為什麼會幫助天騰集團？為什麼會成為了他們的人？」鍾笙問。

「他們的死跟天騰集團有關？怎可能？」金秀搖頭：「是爸收養了我，我才有今天的成就，他們又怎會跟我們父母的死有關？」

爸？他所說的是，就是張岸守。

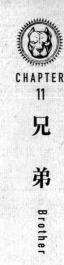

「那是誰殺死了我們的父母，難道你沒有調查？」鍾笙說。

「哥。」金秀搭在他的肩膀上：「老實說，他們死的時候我才是個嬰兒，我根本就不知道他們是什麼人，而真正把我養大的，是天騰集團。過去了就是過去，毋需要執著。」

鍾笙用力把他的手撥開！

「別跟我來這一套！」鍾笙說。

金秀當然會這樣說，他一直的生活也是最優質的，他才不用理會過去。不過，對於鍾笙來說，父母的死，改變了他的人生。

當鍾笙知道父母的死有可疑，他不可能說過去就過去。

「就算，我們父母的死真的不關天騰集團的事，他們也殺了我兩個朋友！」鍾笙說。

金秀出現了半秒的遲疑，因為，人是他殺的。

「全部都是張賓實的計劃，完全不關天騰集團的事。」金秀說：「現在張賓實已經死了，而且你的室友也不可能起死回生吧？總之，現在你已經沒有敵人了，不需要對付天騰集團。」

鍾笙認真地看著他。

「你鬥不過整個集團的！我也是為你好！」金秀說。

鍾笙沒有說話，繼續看著金秀。

金秀有點不自在，一直以來，他可以用「恐慌指數」去了解一個人的想法與情緒，現在他面對鍾笙，卻完全沒法了解他的想法。

「哥，你真的想知道父親死亡的真相嗎？」金秀回到父母的問題之中。

「你知道？」鍾笙說。

「我不知道，而且我也不想知道。」金秀說：「自從你來到天騰島後，我知道了自己有一個哥哥，我有找過爸追問，但他說我不會想知道真相。」

「張岸守知道他們死亡的真相？」

金秀點頭：「不過……」

「立即讓我見他！」

「他還說，不只是我，連你也不會想知道真相。」

鍾笙搖頭說：「他是你養父，當然知道你的想法，但我完全不認識他，他不會知道我的想法，我有知道真相的權利！」

這次，到金秀沒有說話。

「我要知道真相！」

金秀的表情無奈：「好吧，跟我來。」

CHAPTER 11

兄弟

Brother

06

天騰集團的主席室。

房間內的佈置，就像一個小園林，園林造景的設計讓室內充滿了生氣。

鍾笙與金秀來到了主席室，坐在輪椅上的張岸守，已經等待著他們兩兄弟的到來。

一個人渣指數一百零一分的人。

一個擁有**$870,930,292,212**，八千七百億身家的人。

張岸守跟從前沒有分別，他完全不像一個人渣指數一百零一分的人。是因為他已經改變了？指數已經下降？還是正常人根本就看不出他深藏不露的人渣性格？

已經沒有真正的答案，因為能夠看到人渣指數的人，已經死去。

「爸，我們來了。」金秀說。

「你好。」張岸守看著鍾生微笑了一下。

「你知道鍾入矢和金允貞的死因？」鍾笙完全沒有尊敬的口吻：「快跟我說！」

「問題是……你真的想知道真相嗎？」張岸守問。

「如果我不想知道，我為什麼要來見你這個又殘又廢的男人！」鍾笙說。

「鍾笙！」金秀叫住了他。

張岸守給他金秀一個手勢，他知道鍾笙憤怒的原因。

然後，他按下輪椅，輪椅在半空中浮起，移到一排書架前，在一個已經很陳舊的木箱中，拿出一張非常殘舊的紙文件。

這個年代，已經沒有人用紙筆作記錄，因為紙的價值已經漲了一千倍，從前一疊A4紙只需要三四十元，現在，已經變成了三四萬。

森林愈來愈少，紙張價錢愈來愈高。

「無論你相不相信也好，我說的都是事實。」他把文件交到鍾笙的手上：「或者，看了你就會明白。」

鍾笙拿過了文件，他的心跳加速，因為他來天騰島調查父母的死因，答案就在自己手上！

他打開了文件。

第一頁文件，就是鍾笙入住崇德孤兒院的資料，當時他改名為鍾笙月。

「五……五歲？」鍾笙說。

他讀到入院時的年齡，是二零二六年，當年的他是五歲。

金秀在一旁一起看著。

明明鍾笙三歲時父母死去，不可能五歲才入住孤兒院。當然，他自己也沒有理會過自己是幾多歲入院，而且一直也沒有問過金杰。

然後，他揭去下一頁。

鍾笙呆了一樣看著文件。

「兒童……」金秀讀著上面所寫的字：「精神病院。」

文件中的名字是鍾允昱，鍾笙還未改名之前的名字，他……三歲時入住的不是孤兒院，而是……

精神病院！

「怎可能？！」鍾笙非常驚訝。

文件中記錄著他的病情，其中一項是出現幻覺，看到別人頭上的不同數字。

另外也註明特別注意事件，內容包括……**把弟弟鍾允日放入焗爐之中！**

報告中提及，慶幸及早發現，沒有釀成大錯。

金秀看著鍾笙：「哥，你……」

「不可能的！不可能！我完全沒有記憶！」鍾笙說。

「你當時只有三歲，沒有記憶很正常。」張岸守說。

各項事件的綜合評估，鍾笙被判斷為患有兒童精神病，而在最後一項的資料中寫著……

「縱火」。

CHAPTER 11
兄弟
Brother
07

他們兩人的父母，就是因為二手漫畫店火警，吸入大量濃煙而死亡。

「縱火？」金秀說：「不會是……」

鍾笙的手在不停抖顫，因為抑壓著心中激動，他的尾指又開始滲出血水。

文件中列明，鍾笙有多次縱火記錄，他曾燒過毛公仔、床單之類的物件。

「沒有人知道鍾入矢和金允貞是不是因為有人縱火而死，因為沒有任何證據。」張岸守說：「誰也不會想到，一個只有三歲的小孩會是縱火的兇手，所以最後以意外結案。」

「不可能……」鍾笙表情呆滯地搖頭：「多明叔跟我說，當時他們因為昏迷而沒法逃走……一定是有人下藥讓他們昏迷！」

「你說的多明是那個多年前窮追不捨、鍾入矢的朋友嗎？」張岸守說：「他應該有跟你說，在驗屍報告中，沒有發現可讓人昏迷的藥物對吧？」

「對！」

「當然沒有，因為……**根本就沒有人下藥**。」張岸守說。

「什麼？」

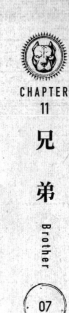

「多明一直也認為鍾入矢和金允貞是被殺，用了很多時間去追查。他當時已經走火入魔了，最後還殺死了漫畫店的商場保安，被判謀殺罪成入獄。」張岸守說。

「那我父母為什麼沒有逃走？沒有逃離火場？」

張岸守沒有說話，沉默了下來。

「你知道什麼？快跟我說！」

「你有沒有印象，你父母死去的那一天，你去了哪裡？」張岸守問。

「我怎會有……記憶……」

鍾笙說話慢了下來，他不是在回憶三歲時的記憶，而是在想著張岸守這番說話的意思。

他瞪大右眼看著他。

「他們不是沒有逃走，而是不想逃走。」張岸守說：「當時，我找人調查過，你看看報告文件。」

鍾笙立即揭到文件的最後部分。

其中有一份證供，商場的其他商戶說，本來他們看到鍾笙的父母已經逃離了漫畫店，不過，他們發現當年只有三歲的鍾笙不在經常去玩的商場走廊，他們以為鍾笙還在漫畫店的貨倉內，然後，再次回到了漫畫店！

「當然，當時你不在漫畫店內，最後，他們可能因為被火勢包圍，沒有辦法逃走，吸入大量濃煙而死。」張岸守說：「我不知道這是不是你想要的真相，但這就是我調查後的最後結果。」

「為什麼……會是這樣？」鍾笙完全不敢相信。

鍾笙整個人也跪了下來，他一直找尋的真相……

是他絕對不會接受的真相！

「哥……」金秀也蹲了下來。

「真的……真的是我縱火的嗎？」鍾笙目光呆滯：「為什麼我要這樣做？」

「你的問題就像問『為什麼你要把金秀放入焗爐』一樣，根本就沒有人知道三歲的你有什麼動機。」張岸守說：「或者，一個只有三歲的小孩，根本就沒有動機，只是覺得……**好玩**。」

縱火的人，不知道是不是只有三歲的鍾笙，不過，用打火機燒著易燃的漫畫書，一個三歲的小孩的確是有可能做到。

不知道縱火的人是誰，但可以肯定，鍾入矢和金允貞當時是為了拯救以為在漫畫店內的鍾笙，最後死去。

是鍾笙……

間接害死了自己的父母。

CHAPTER 11

兄弟

Brother

08

為什麼張岸守會調查鍾入矢和金允貞的死亡原因？

為什麼他要在乎他們？還收養了金秀？

一切都因為一個叫*孔藝愛的女人。

她離開香港前，吩咐過張岸守不得對付鍾入矢，甚至要幫助他，不要跟鍾入矢為敵。

調查事件及收養金秀，就是他遵守的諾言。

當年，張岸守也經常帶親生兒子張宙樨到鍾入矢的二手漫畫店買漫畫，鍾入矢和張岸守雖不至於是生死之交，不過，也算是朋友。

如果真的要說，張岸守甚至是金秀的恩人，給他一個新的生活。

不過，當時張岸守的太太，只希望收養一個孩子，所以放棄了住在兒童精神病院的鍾笙。

就這樣，兩兄弟走上了不同的道路。

鍾笙在兒童精神病院治療了兩年時間，最後轉好，可以正式入住孤兒院。

張岸守一直也沒有告訴金秀他有一個親生哥哥，因為他不知道這個兒時有犯罪傾向的哥哥鍾笙月，會不會回來傷害金秀。最後，張岸守把這個「秘密」一直隱藏。

鍾允日改名為張秀日，不過，金秀十一歲時，知道了自己是收養的兒子，張岸守還告訴他鍾入矢和金允貞才是他的親生父母。最後，張秀日再改名為金秀日，來記念他的母親。

當年，一直也不知道鍾入矢與張岸守有來往的多明，因為依然記得張岸守是一個「人渣指數」一百零一分的人，一直也認為天騰集團跟鍾入矢的死有關，甚至最後錯手殺死了那個他認為知情而不告訴他真相的商場保安。

另外一個調查事件的人伊隆麥，他發現了張岸守曾找人調查鍾笙父母的死亡原因，他開始懷疑張岸守就是殺死二人的兇手。其實，張岸守根本就沒有對付鍾入矢，反而是想幫助他的兒子。

當時伊隆麥因為此事無心工作，開始影響了愛端食品集團的生意，下任董事李路明，連同史弗貴與張賓實聯手把他拉了下台，還找人對付他。最後，對人性和權力心灰意冷的伊隆麥，「人渣指數」只有二十八分的他，決定跟當時的秘書凱琳絲退出這場權力的鬥爭……失蹤了。

其實這也是伊隆麥一直以來想要的生活。當年，他只是不想讓愛瑞食品集團的前董事長*鄧鐵平失望，才會當上董事一職。

一切事件真相大白，也許，有些過去寧願不去追查，可能是更好的結果。

至少對於鍾笙來說，是這樣。

不過這個「真相大白」，就是最後的結局？

也許，才不是。

或者離真相大白的「真相大白」，還有很長很長的距離。

還有……很長很長的故事。

＊孔藝愛、鄧鐵平，《人渣》與《賤種》角色，請欣賞孤泣另一作品《人渣》與《賤種》。

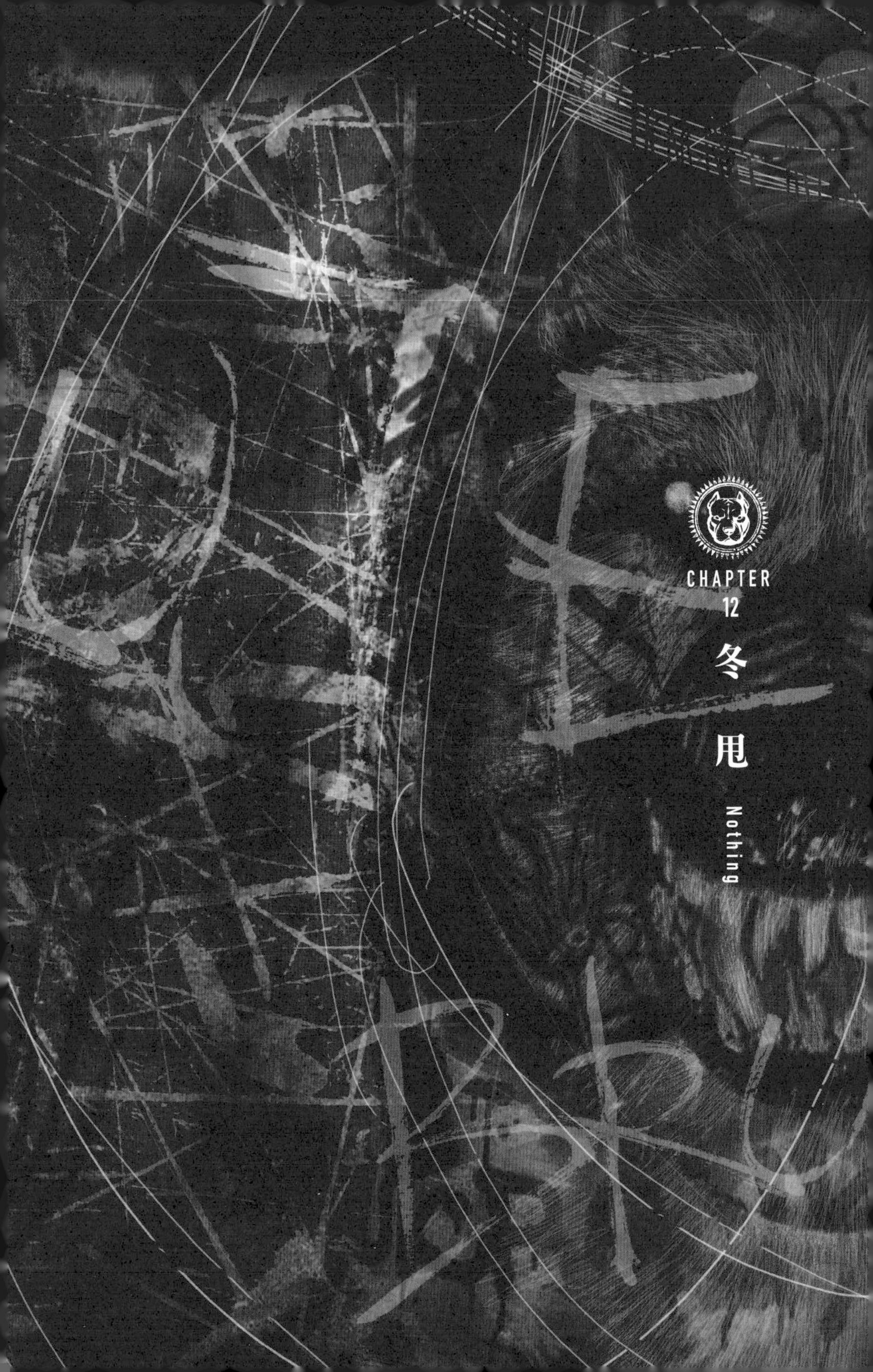
CHAPTER
12
冬甩
Nothing

CHAPTER 12 冬甩

Nothing

01

天騰區。

位於天騰島中心的位置，住在這裡的人都被稱為「天騰人」，他們的身份與地位都是島上最高的。

在天騰區除了豪宅、高級寫字樓與天騰集團大廈以外，還有一個外表像「冬甩」的建築物。「冬甩」佔地非常大，有半個天騰區的面積都屬於這個冬甩。

這個冬甩不是住宅，而是一間企業公司。

在這裡上班的人，都是精挑細選的「優質人」，他們都是經過「再教育」的居民，當然，還有最優秀的囚犯都能夠來到這裡工作。

這間企業公司名為「**Nothing**」。

Nothing是一間什麼公司？

他們的生產線、出產產品、工作性質等等，沒有任何一個員工知道。

因為員工都被分配到不同部門工作，他們不知道其他部門其實是在做什麼，就好像貧民窟那些女工一樣，她們只是每天做著同樣的拆除手錶、白紙過膠等等工作，她們也不會知道自己究竟是在做什麼。

而在Nothing內，工作也是保密的，大家也不知道另一個部門是在做什麼，甚至大家的上班下班時間都不同，盡量不讓員工在公司討論有關工作的事情。

Nothing的全白大堂內，只有一個接待處，明明是上班的時間，竟然一個人也沒有，靜得可以聽到走路的腳步聲。

今天，是他第一天來這裡上班。

「你好，我是來上班的。」他說。

接待處的員工用一個掃描器掃描他的臉譜，出現了他名字……鍾笙月。

「稍等一會。」接待員微笑看著電腦：「你的工作地點是30372695，可以乘左面的升降機。」

「好的，謝謝。」

「Nothing Bless You.」她把雙手交叉放在胸前，拇指與食指互相掂著指尖，左右手做成兩個圓形。

鍾笙皺了一下眉，然後微笑離開。

自從他知道父母的真正死因那天計起，已經過了兩星期，他再次被分配到新的工作崗位。

就是在Nothing企業中工作，在全島最高級的企業公司工作。

他走到左面的升降機，然後在升降機內輸入30372695，升降機不是向上或向下移動，而是向左。

大約三秒之後，升降機快速下降。

十秒的時間，他來到了30372695的樓層，升降機打開……

……

…

.

「媽的，這是什麼鬼地方？」我看著一排排白色門的房間。

完全看不到房間內在做什麼，只有不同的門牌，門牌上寫著一些看不懂的數字，就像我的30372695。

然後，我看到一個閃亮著的燈牌寫著「New Staff」。

我走進燈牌的房間。

CHAPTER 12

冬甩

Nothing

02

房間內有一個巨型的螢光幕，螢光幕上寫著等待五分鐘。

我坐了下來。

自從我知道父母的死亡真相，已經過了兩星期。老實說，我還未接受到這個事實，而且還有很多問題，其中一個很重要的問題是……

三歲的我真的是一個「惡魔」？

我為了好玩，什麼也做得出來？

然後，我入了兒童精神病院兩年，五歲的我又回復正常了？

我有想過，其實那個像惡魔一樣的自己，一直也住在我的身體內，我看看我的斷指，還有螢光幕反射的倒影，我看著那個戴著花花眼罩的自己。

花花眼罩是夢飛替我做的那個，我有暗中聯絡過她，不過，暫時我也不想接觸她，因為我還未完全相信天騰集團。

更正確來說，我還未完全相信張岸守和我的親生弟弟金秀日。

他們跟我說，知道張賓實等人做著非法的事，不過，他們不知道當中的細節，比如李路明販賣的「內臟」，他們也不知道其中會有人類的內臟；而毒品農場種植的，他們以為是牛至等無害植物。

他們……真的不知道？

金秀還說，他會幫助史弗貴等人處理某些事情，只是想暗中調查他們的不法行為。我想起了在會議龐第一次見到他時，他曾說過……

「現在他人已經死了，而且你的室友也不可能起死回生吧。」

我只說我的朋友，他又怎會知道是我的「室友」？

我的確有懷疑，不過有幾點我已經求證了，是真確的。

知道真相後，我找過金杰，叫他們調查一下我三歲時入住兒童精神病院的事，的確，「鍾允昱」確實有住院的記錄。我也問過伊隆麥，他隱居是因為想離開權力的鬥爭，而且也放棄了調查我父母死亡的事。當時他因為發現張岸守同時調查我父母的死因，才會懷疑張岸守跟我父母的死有關。

至於多明叔，我找過資料，他的確是殺死了商場的保安員。不過，當日他還跟我說自己是無辜的，而且，他依然覺得我父母的死都跟天騰集團有關。

我找他們只是為了報個平安，至於我告訴他們我知道的「真相」，我跟他們說，其實我並不確定。

「是我間接害死我父母……」我看著天花上的光管：「不，我還未完全相信，我還未……」

因為還是囚犯身份，金秀說不能讓我離開天騰島，不過，他給我一份天騰島上最好的工作，就在這裡，**Nothing**企業。之後，他會用集團的身份向法官求情，希望我可以早點離開。

「離開？嘿，真的就這樣離開嗎？」我又在自言自語。

其實我也很想知道這所「冬甩」究竟在搞什麼鬼。

我手上還有他們的「客戶」資料，張岸守與金秀承諾，未來會改善貧民窟和監獄的生活環境，絕對不會再有什麼畸形人展覽之類的活動。

我就暫時不公開名單吧，而且名單也成為我的「護身符」。

此時，螢光幕終於出現了畫面。

「歡迎來到天騰島上的Nothing企業，Nothing Bless You。」

CHAPTER 12

冬甩

Nothing

03

一個白色的立體機械人出現在我的眼前，同時螢光幕出現了Nothing企業的環境，以及面露愉快笑容的員工。

「我們Nothing企業是世界上最優秀的公司，培育出最優秀的員工，各方面都提供最好的待遇，讓每一位在這裡工作的員工，得到最佳的生活與工作體驗。」

最、最、最、最、最，不斷提起Nothing是一間最好的企業。

簡單來說，就是……「洗腦」。

根本就是某些傳銷、思想培訓，甚至宗教一樣，人類心靈是非常脆弱的生物，就好像明明一腳就可以踩死的甲由，偏偏有些人會非常害怕。

殺死一隻甲由、一隻老鼠，就是「為民除害」，殺死一隻貓、一隻狗就是「萬惡之源」，不是說生命平等？為什麼老鼠死大家會鼓掌，貓死我們就悲天憫人覺得很可憐？

我們人類，一直被「洗腦」，把「不正常」的想法變成了「正常」的道德思維。

我覺得殺貓跟殺老鼠，都是人類的「罪」。

它繼續介紹「冬甩」內的工作環境，還有員工住宿、薪酬、假期等等，卻沒有說明Nothing是一間怎樣的企業。

畫面中出現了快鏡，都是一些「部門」的工作，比如把卡式帶的磁帶拉出來、打開汽水樽的蓋、拆開透明的扭蛋、取出枕頭的棉花等等，根本就不知道員工在做什麼。

會不會是環保廢物再造？

最莫名其妙的，就是每個員工的臉上，都掛著愉快的笑容，他們好像非常享受自己現在的工作。

「鍾笙月先生，你被安排在30372695工作，而住宿方面，會在同一層的員工宿舍。」機械人說：「在Nothing企業工作有幾個注意守則，你的活動範圍只能在Nothing企業之內，不能離開，另外，對外聯絡將會被終止，不過，請你放心，你很快就可以融入我們這個大家庭。」

我立即看著手臂上的電話功能，已經沒有了網絡，早前我跟榮仔還可以破解天騰島的封鎖，看來這個Noting企業用上了更強大的干擾程式。

「請問你還有什麼問題？」機械人問。

「有人拒絕不在這裡工作？」我問。

「這幾年來，只有一個人拒絕，不過最後他不幸地意外去世了。」機械人說。

真的是意外嗎？

「我是不是要在這裡工作直到刑滿為止？」我問。

「沒錯，不過，我們已經收到你的上訴資料。如果你最後上訴成功，刑期縮減後，到時刑滿就可以離開。」機械人說：「不過，你可以選擇離開還是留下，我們有80%的員工，會選擇留在Nothing企業繼續工作與生活。」

80%？我皺起眉頭。

有得走也不走？這裡愈來愈奇怪了。

「再次歡迎你來到我們Nothing企業的大家庭，再教育是我們首要的重點，希望你在這裡工作愉快，讓你的人生得到一個重新開始的機會。」機器人微笑說：「請沿著地下的指示離開，回到你的工作地點30372695，Nothing Bless You。」

它再次做出那個接待員雙臂交叉放在胸前的手勢，然後立體影像消失。

嘿，我才不會做這白痴的手勢。

來吧，我就看看這所奇怪的Nothing企業，葫蘆裡賣什麼藥！

冬甩

天騰集團大廈頂層。

三個男人正在進行秘密會議。

「讓那個麻煩的鍾笙月在Nothing企業工作，會不會有問題？」

說話的人是天騰集團三兄弟的大哥張蘭灘，張賓實、李路明與史弗貴一直以為張蘭灘跟他們是一夥的，其實他跟金秀一樣，只是暗中監視他們三人。

「沒問題的，鍾笙是最好的人選。」金秀笑說。

「他不是你親哥哥？你這樣對他？」人中很長的張蘭灘問。

「賓實叔不也是你弟弟嗎？他死了你有痛心過？」金秀反問。

「哈哈哈！世侄我愈來愈喜歡你！」張蘭灘反而高興。

在富人之中，親情只是一個「障礙」，對於他們來說，「親情」只是代表了爭家產、爭生意、爭地位。從小，張蘭灘一直也看張賓實不順眼。現在張賓實死去，他反而是最高興的一個人。

「這隻討厭的甲甴鍾筌，其實也幫我們不少呢，沒有他的出現，我們沒可能這麼快就把三叔這些噁心的賤種剷除。」

第三個男人，就是……張岸守的大仔，張宙樨。

他坐在董事長的位置。

「宙樨，之後的計劃？」張蘭灘問。

「是時候了。」張宙樨說。

「大哥，讓我來？」金秀說。

他搖搖頭說：「不，我親自處理。」

「好了！有你們兩兄弟，我們的天騰集團將會打敗這段時間冒起得很快的*RRM集團，未來將會成為世界第一市值的公司！」張蘭灘說。

張宙樨用一個兇狠的眼神看著他：「你說……『我們的天騰集團』？」

張蘭灘收起了笑容：「不，應該是宙樨你的天騰集團，哈哈哈……」

張宙樨給他一個溫柔的笑容。

現在的天騰集團，真正的話事人，已經不是張蘭灘三兄弟，而是……張宙樨。

張蘭灘、張賓實都只不過是他的棋子，不，就連一百零一分的張岸守也是。

「現在散會，有新消息再聯絡。」張宙樨說。

張宙樨說完離開了會議廳。

金秀看著他的哥哥。

他也只是張宙樨的……一隻棋子？

Nothing企業，**30372695**號室。

鍾笙來到了他工作的地方，全白房間至少有一個足球場一樣大，放滿了一排排的白色長桌子，十名員工，穿著白色的制服正在工作。

在房間的後方，放著至少有七層樓高的……鞋盒。

有些員工要利用升降車，才可以從上方拿走鞋盒。

「你好，你應該就是新來的員工鍾笙月。」

此時，一個穿上白色長袍，大約五十歲的女人走了過來，她穿著的制服跟其他人的不同，看來是這裡的主管。

「對，妳好。」鍾笙說。

「我叫淩敏姿，大家都叫我姿姐，是這部門的主管。」她說完，立即向正在工作的員工大叫：「新同事鍾笙月先生來到我們的部門工作，大家給他一點掌聲！」

然後，全部員工的臉上也掛上了笑容，一起鼓掌歡迎鍾笙。

「媽的，迎新會嗎？」鍾笙心中想。

「來吧，我先介紹一下我們的工作，然後讓你換上新的制服，開始你第一天愉快的工作。」

姿姐笑得非常燦爛。

＊RRM集團，即劏房集團(RIPPED ROOM INC.)，詳情請欣賞孤泣另一作品《劏房》。

CHAPTER 12

冬甩

Nothing

05

姿姐帶鍾笙走到工作人員的桌前。

「我們每天都有上千對鞋運到這裡，我們的工作就是……」姿姐指著工作的工人：「**把鞋的鞋帶從鞋脫下來**。」

「什麼？」鍾笙沒想到這就是他們的工作。

員工正在把一對波鞋的鞋帶從一個洞到另一個洞的抽出，然後放到一個白色的籃子之中，不斷重複同一個步驟。

「我們每月都有最佳員工的獎項，頒給拆得最多鞋帶而沒有違規的員工。」姿姐說：「另外，我們不時都會有員工活動，可以一起參與，讓員工放鬆心情。」

他們走到一個四眼的女生前方，她的桌上放滿了大大小小的獎狀。

「她是我們全年的最佳員工，飯田里。」姿姐介紹著。

鍾笙看著她純熟地把一雙皮鞋的鞋帶抽出來，然後又到另一雙，她好像機械人一樣，沒有停下來。

「鍾笙月你就在飯田里旁邊的桌子工作吧，有什麼問題問飯田里就好了。」姿姐說。

「姿姐我這個月要競逐最佳員工，沒時間教新人。」飯田里用一個討厭的眼神看著鍾笙。

「教導新員工也是妳的工作之一。」姿姐微笑說：「鍾笙月你先了解一下整個工作流程，我一會回來帶你去換制服，還有安排你的住宿。」

姿姐離開後，鍾笙走到桌子前，他看著沒有停下來的飯田里。

「你好，我叫鍾笙月。」

「Hi!」

「現在我要怎樣？」

「去拿鞋盒、取出鞋、拆鞋帶、放入籃，完成。」她簡單地說。

鍾笙看著她投入的工作，只能苦笑。

「每天有指定拆的數量？」他問。

「沒有。」他說。

「那妳為什麼要這麼努力？」鍾笙問。

「因為拆得最多鞋帶的，就會得到最佳員工獎。」她說。

「最佳員工獎有什麼用？」

「就是代表拆最多鞋帶的人。」

「拆最多鞋帶又代表了什麼？」鍾笙繼續問。

飯田里終於停了下來，她用一個兇狠的眼神看著他：「問問問！你問這麼多幹嘛？就只是拆鞋帶不是嗎？拆最多鞋帶代表我是最勤力的員工！」

「嘿。」鍾笙除了苦笑，只能苦笑。

這個叫飯田里的女生，就好像社會上某些人一樣，他們不知道自己在做什麼，同時又很落力去為公司工作。最後，賺大錢的都是公司，而員工加薪卻遙遙無期，就給你一個該死的獎狀，當是對公司的貢獻。

他們不會想，過得富裕快樂的人並不是在這裡努力工作的她，而是在她上面什麼也不用做卻年年加薪的高層。

鍾笙看著整個工場的員工，沒有一個人停下來，他們都在專心地工作。他們甚至不明白，為什麼要拆鞋帶，不過，看來沒有一個人想知道原因，只是埋頭苦幹地做做做。

「看來這裡比……內臟部更糟呢。」鍾笙笑說。

飯田里看一看他，沒有說話，繼續她的工作。

CHAPTER 12 冬甩 Nothing 06

員工休息室。

鍾笙已經換好了全白的制服，姿姐帶他去到男生宿舍。

宿舍是用日式的榻榻米，地方非常清潔。

「一天工作九小時，然後就是自由活動，最遲十二時要回來宿舍睡覺。」姿姐說：「一天可吃早午晚三餐，食堂已經準備好豐富的美食，而自由活動都在Nothing企業範圍之內。當然，不能走進其他部門工作的地方。我們會有休息室，休息室內有乒乓球、康樂棋……」

「姿姐。」鍾笙打斷了她的說話。

「是？有什麼問題？」她微笑說。

「我想知道，什麼原因拆鞋帶？是環保廢物再造？但我看很多鞋都是新的，不似是廢物。」鍾笙說。

姿姐收起了笑容，樣子變得兇狠。

「有一個非常重要的員工守則，員工不能問工作的原因和性質。」姿姐說：「你是新人，我不會怪你，不過，以後別要問這些問題！」

「等等，我在這裡工作，我也需要知道是在做什麼吧？」鍾笙說出很正常的問題。

姿姐轉身，用一個恐怖的表情看著他：「你、不、需、要、知、道。」

鍾笙呆了一樣看著她。

然後，姿姐繼續走，繼續介紹著Nothing企業的種種事。

鍾笙看著她的背影，他知道這所Nothing企業，絕對隱瞞著什麼秘密。

……

…

．

午餐時間。

部門的員工都來到了食堂，不過食堂的人並不多，因為不同部門的人都按不同的時間來到食堂吃飯。

今天的午餐是牛雜麵。

鍾笙看著那碗牛雜麵，想起了「內臟」，完全沒有興趣。

「你不吃嗎？」飯田里問。

鍾笙搖頭。

飯田里立即用筷子夾了麵上的牛根放入口：「辛苦工作再吃美食，真好吃！」

「我還以為妳不喜歡說話。」

「工作時我是很認真的！吃飯時間放鬆一下沒問題！」飯田里再把筷子伸向鍾笙的麵。

鍾笙阻止了她：「如果妳想吃，我全部都可以給妳，不過，妳要回答我的問題。」

飯田里想了一想：「新來的應該有很多問題，我明白的，你問吧。」

「妳喜歡現在的工作？」

「當然！我是表現最好的一個！」

「妳覺得每個人都很享受自己的工作？」鍾笙問。

「100%享受！你做久了就知道，生日時會幫你辦生日會，經常有員工的活動，而且大家也非常友善。」她笑說：「而且有最佳員工獎，大家都很想得到！」

鍾笙只是做了半天拆除鞋帶的工作，他已經知道自己沒法繼續做下去，他完全不明白飯田里跟其他的員工為什麼這麼享受。

「妳知道Nothing企業是在做什麼？我意思是每個部門都在做一些奇怪的工作，妳知道是什麼？」

「噓，不要問這個問題！會被懲罰的！」

「有什麼懲罰？」

「會被停止工作一星期！這樣就不能得到最佳員工獎了！」她說：「還要罰抄！」

最佳員工獎、最佳員工獎、最佳員工獎、最佳員工獎……她的腦袋中就好像只有最佳員工獎一樣。

「罰抄是什麼意思？」

「要困在一個黑房罰抄員工手冊！」飯田里說：「沒有人想去那黑房！」

「你們……是不是黐線的？」鍾笙心中的說話。

除了有關工作的事，飯田里根本是一個很正常的人，但她又好像不太正常，鍾笙完全摸不著頭腦，比對付那些畜生與禽獸更難明白他們的想法。

「我吃飽了，我想到四處看看。」鍾笙說。

「記得，別要犯規！」

鍾笙跟她微笑，然後轉身離開。

如果犯規只是沒有最佳員工獎與罰抄，他……一點也不怕。

CHAPTER 12

冬甩

Nothing

07

Nothing企業是一個冬甩的形狀，乘升降機可以去到不同的樓層。

鍾笙根本就看不明升降機的那些數字是什麼樓層，他隨便按下一個數字，升降機開動。

他來到了地下層，門牌寫著「天騰集團博物館」。

他走進博物館，當中有不同的圖片與展品，介紹天騰集團的發展。

還有天騰島的地圖，地圖上當然沒有貧民窟和毒品農場的資料。

鍾笙在一張巨大的立體投射相片前停了下來。

圖片中都是天騰集團的高層與家族成員，當年的金秀也就只有幾歲。

「這個是……」

站在金秀身邊的，有一個小女孩，如果鍾笙沒有猜錯，女孩是一個他認識的人，她是……甄夢飛！

「他們從小已經認識？」鍾笙皺起眉說：「但夢飛為什麼沒有跟我說過？」

甄夢飛的父親是上市公司的主席，也許生意上會跟天騰集團有來往，但問題是，這是家族成員的照片，她為什麼會身在其中？

「一定要聯絡夢飛問問原因。」他說。

鍾笙繼續走，看著其他的展品和介紹。

天騰集團是由愛端食品集團衍生出來的集團，不過，當中完全沒有記錄愛端食品集團的事，而最讓鍾笙感覺奇怪的是……「一個人」。

差不多每一張相片中都會看到他……張宙樨，好像所有天騰集團的里程碑中，都有他的影子。問題是，天騰島還未建成，最初的計劃開始時，張宙樨才只有十來歲，他已經參與整個項目？

難道當時他已經是重要的高層？

就在此時，突然出現了廣播的聲音。

「這位員工，參觀博物館是需要員工預約及只對優秀員工開放，請問你是誰？」

「要預約的嗎？我今天才第一天上班，不知道。」鍾笙看著閉路電視說。

「請你立即離開，不然會得到懲罰。」

「**OKOK**！我離開吧，雖然我不怕罰抄……」

「你說什麼？」

鍾笙向著閉路電視舉起了中指，然後回到升降機。

他看著升降機門關上。

已經調查到父母的死因，事件就完結？看來並非如此，天騰集團還有很多「謎底」還未揭開。

「我一定要在離開之前，把所有的事情調查清楚！」

兩個月後。

30372695部門。

「今天是宣佈全月最佳員工的日子。」姿姐燦爛地笑著：「真不敢相信，這次的最佳員工竟然會是來了兩個月的新人，我們給他一點掌聲！」

員工都一起看著他鼓掌。

「現在正式宣佈，30372695部門本月最佳員工……鍾笙月！」姿姐一面拍手一面說。

鍾笙帶點尷尬地走上了台。

「果然是最佳新人！最佳員工獎你實至名歸！」姿姐把獎狀交到他的手上：「來說幾句說話吧！」

「呀……原來會有點緊張。」鍾笙笑說：「首先要感謝姿姐把獎交給我，然後是飯田里，她教了我很多拆鞋帶的秘訣，這個獎應該不只是屬於我，飯田里也有份的！」

「上台！上台！上台！」員工們都在叫著。

飯田里也走了上台，鍾笙把獎交到她的手上。

「你自己拿就好了，又要叫我上來。」飯田里在鍾笙的耳邊笑說。

「不，這個獎妳也有份的。」鍾笙溫柔地說：「是『我們』的第一個獎，沒有你，沒有我。」

鍾笙對著女生，就是高手，飯田里臉也紅了起來。

他們一起拿著最佳員工獎，姿姐替他們拍照。

鍾笙做了一個姿勢，雙手交叉放在胸前，拇指與食指互相掂著指尖，左右手做成了兩個圓形。

等等……

等等……等等……

究竟發生了什麼事？！

明明鍾笙覺得是白痴的工作，他竟然在第二個月就成為了最佳員工？而且，他還做出當初覺得無聊的手勢？為什麼會這樣？

鍾笙看著大家，然後大聲說。

「**Nothing Bless You!**」

CHAPTER 13 陌生人 Stranger

CHAPTER 13 陌生人 Stranger

01

一個月前。

晚上，天騰島最高級的豪宅。

一對父子正在交談，不過，他們交談的方法有點「特別」。

張宙樨用一條麻繩，從後纏著張岸守的頸，張岸守表情痛苦，沒法說話。

「很快你就可以去見媽媽了，也不錯呢。」張宙樨用沒什麼感情的語氣說：「對，現在才跟你說，媽不是自殺的，是被我殺死的。當時她說要收養兩個小孩，雖然最後只收養了一個，但我也不滿意，把她殺了。」

張岸守瞪大了眼睛，很明顯，他不知道這件事。

「小時候的我的確有點內疚，所以就決定讓金秀留下來，不殺他。」張宙樨說：「沒想到，他蠻幫得手的，至少比你有用。」

當時的張宙樨幾歲？八歲？九歲？他已經出現了殺人的想法，不，不只是「想法」，他真的殺死了自己母親！

一個可以殺死養育自己父母的人，究竟有多壞？

為什麼他要在張岸守死前說出真相？

無他，因為張宙樨要張岸守臨死也感受到痛苦，身體上的痛，還有心靈上的痛。

他要張岸守後悔生下他。

就如鍾入矢所看到的，張宙樨就是一個「人渣成份」指數一百二十分的人。

一直以來，張岸守也不是一個大奸大惡的人。雖然他也用了不少的手段踏在別人的頭上，才得到現在的地位。不過，怎說也不似一個擁有一百零一分的「賤種」，至少，他履行了承諾，沒有對付鍾入矢。

那為什麼他的「人渣指數」會有一百零一分？

只有一個「合理」的原因……

他的分數之所以這麼高，從來也不是因為他所做的事，而是……

生下了一個一百二十分的孩子！

這才是他的人渣指數高過一百分的真、正、原、因！

「其實我也想殺你很久了，現在我已經掌握大權，而且麻煩的細叔一眾人已經剷除，正好是時候。」張宙樨輕鬆地說：「你就到地獄跟你的好弟弟張賓實一起去游水吧，天騰集團將會發展得比你們掌權時更好，好一千倍、好一萬倍！」

張岸守已經昏迷，也許，再沒法聽到他的說話。

張宙樨不是已經在天騰集團中，得到了最高的權力？為什麼還要殺死自己的親生父親？

因為張岸守是唯一知道他「秘密」的人。

唯一一個。

現在他死去，張宙樨的「秘密」永遠石沉大海，不會再有人知道。

張宙樨把死去的張岸守從輪椅中推倒地上，然後打出一個電話，一個他「相熟」的醫生。

「我爸心臟病發，已經沒有呼吸，快叫人來。」張宙樨冷冷地說。

「沒問題，十分鐘內會到。」醫生說。

當然，這位收了巨款的醫生，所有「死因」都可以任由他決定。

張宙樨離開了張岸守的房間。

一個人在門外等待著，他是……金秀日。

「其他事情交給你。」張宙榫沒看他一眼，在他身邊說。

「大哥，我知道怎樣做。」金秀說。

「我先去睡，明天還要扮悲傷會很累。」張宙榫已經想到了之後的事：「遺囑在律師行已經準備好，到時你就跟我一起去吧。」

「知道。」

張宙榫沒再說一句就離開。

金秀看著他的背影，他的**PAI**恐慌指數，完全沒有變，剛才一直維持在**1**。

他……完全沒有一秒的恐慌。

金秀吞下了口水，他也殺過人，不過無論那一次，都不可能完全沒有任何的感覺與恐慌。但張宙榫完全沒有丁點恐慌，甚至，只是在不到一分鐘前殺死自己的父親。

張宙榫這個人，究竟有多恐怖？

當年金秀的父親看到他的「人渣指數」是一百二十分時，當時的張宙榫就只有……

八歲。

金秀的心跳加速，就算只是背影，已經讓他害怕。

他目送這個人間死神離開。

CHAPTER 13 陌生人 Stranger

02

鍾笙加入Nothing企業兩個月後。

天騰區一所高級的咖啡店，他跟她正在聊天。

散發著少女魅力的她，臉上的污跡，變成了面頰的胭脂，樣子非常清秀漂亮。

她是甄夢飛，自從貧民窟環境慢慢改善後，她再不用住在集中營，回復了高雅的身份。

而跟他一起喝著下午茶的人是她的朋友，金秀日。

就如鍾笙在天騰博物館看到的一樣，他們從小已經認識。

小時候，甄夢飛的父親跟天騰集團都有生意來往，而且是非常好的關係，就像史弗貴與李路明一樣，不過，她的父母卻因為意外去世。

「父親的身後事也差不多辦好了，這兩個月真的是最忙的月份。」金秀喝了一口咖啡。

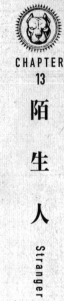

「那就好了。」夢飛說：「當年我父親離開，我也忙到不可開交，我明白你的感受。」

「好了好了，這兩個月都是在討論我父親，我已經厭倦了，轉一轉話題吧。」金秀笑說：「妳這個笨蛋，竟然扮成窮人入住貧民窟？」

夢飛已經告訴他。

「我想改變貧民窟的環境，你知我從小已經很想幫助窮人。」夢飛說。

「我記得，當年妳才四歲，把幾萬元的加密貨幣送給一個乞丐，最後差點就被乞丐那幫人拐走。」金秀說。

「最後是你發現了，找人來救我，我當然記得。」夢飛莞爾：「我還怪你為什麼找人來對付那些乞丐，當時我根本就不知道自己有多危險。」

「就是了，妳就是這樣的一個人，到現在也沒有改變。」金秀看著她一雙目若秋水的眼睛。

「對，我沒有改變。」夢飛失望地說：「而且我沒有能力改變貧民窟的環境，我什麼也做不好。」

頭腦清晰的金秀，知道她有話要說，等待她的下一句。

改變貧民窟環境的人，不是她，而是……鍾筌月，他當時跟夢飛說的計劃，最後也成功了。

夢飛拿出一台叫iPhone的舊手機，手機中有鍾筌月的相片，是單眼的，應該是兩個月前夢飛偷偷拍下來的。

「他已經失蹤了兩個月，我想見他。」夢飛說：「你的哥哥。」

「妳已經知道？」金秀完全不感覺到意外。

夢飛點頭。

「我沒有藏起他，他不是失蹤了，鍾笙正在全天騰島最好的Nothing企業工作，企業不能對外聯絡，而且我已經找律師幫他研究上訴減刑。」金秀說：「我相信他現在應該生活得不錯。」

「我想見他。」夢飛說。

「沒辦法，外人不可能進入Nothing企業探員工。」金秀說。

「那我成為Nothing企業的員工，不就可以了嗎？」夢飛說。

金秀沒有回答他，他在思考著。

他思考著「另一件」事。

「以你的身分推薦我加入，應該不難吧？」夢飛說：「我一直扮成其他身份來到天騰島也沒有被發現，而且……」

「好。」金秀說。

夢飛沒想到他會如此爽快，有點不知措。

「不過，怎說好呢。」金秀看著藍天：「他未必是你本來認識的鍾笙月。」

「什麼意思？」夢飛在意地問。

「沒有，我意思是他會變成一個更好的人，妳見到他就明白了。」金秀笑說：「妳想何時加入Nothing企業？」

「明天。」

「看來妳對我哥也有好感吧。」金秀說。

「才不是！是因為他替我解放了貧民窟！」夢飛反駁：「而且他也幫了你們天騰集團抽出了壞分子吧，所以我才……」

「不用解釋了，就當我多口問吧。」金秀笑說。

金秀看到她的PAI，從4立即升到8，他知道夢飛一定對鍾笙有些意思。

「好吧，夢飛大小姐，準備好明天開始上班！」

金秀跟她單單眼。

金秀曰……究竟在想什麼？

CHAPTER 13 陌生人 Stranger

03

第二天早上。

伊隆麥位於西貢的秘密住所。

伊隆麥、凱琳絲、冰孝奶、周金杰、榮仔，還有陳彩英與柳麻子正在開會。

「今天甄夢飛就會加入Nothing企業，她說會接觸到鍾笙。」金杰說。

他們已經由鍾笙介紹而認識，夢飛也跟他們交代會去找鍾笙。

「至少不是失蹤了，安心一點。」孝奶說。

「不過，聽你們說天騰集團的惡行，鍾笙未必完全安全。」陳彩英擔心。

「鍾笙不會有事吧？」柳麻子也很緊張。

「生得靚仔真好，全部女生都在擔心他！」榮仔嘆氣。

「如果是你，應該沒有人關心。」孝奶揶揄他。

全場人也在笑。

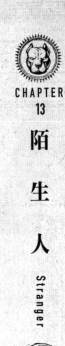

不，她們幾個從未看過鍾笙最恐怖的樣子，也許，看過他那個單眼流下黑色眼淚的樣子後，她們未必會這樣想。

只有一個人，曾看著鍾笙那個像惡魔一樣的樣子而沒有介意，那個人就是甄夢飛。

「金杰，你說的內應能不能幫到手？」凱琳絲問。

他搖頭：「我已經兩個月沒法跟他聯絡了，一定是拿錢走了，媽的。」

他們並不知道，內應一早已經被金秀收買，當時鍾笙沒有詳細解釋。

「現在，至少他的弟弟金秀在幫助鍾笙。」陳彩英說：「還算安全。」

「老實說，我還在調查他父母的事。」伊隆麥說：「不知怎的，我覺得真相未必像他們跟鍾笙所說的一樣。」

直至現在，伊隆麥還未完全相信，當然，多明更加不會相信，所以才不叫他來開會。

「我寧願他所說的就是真相，至少鍾笙父母的事就可以告一段落。」金杰說。

「我們別要浪費時間了，伊隆麥先生跟凱琳絲就繼續調查鍾笙父母的事。」孝奶說：「我、金杰、榮仔，就找尋有關那個 **Nothing** 企業的資料，一起繼續幫助鍾笙。」

「沒問題！」榮仔說。

「那我們兩個可以做什麼？」陳彩英問。

「我也可以幫手！」柳麻子說。

榮仔學鍾笙擺出一個有型的姿勢，然後跟她們說。

「你們的工作就是……」他撥一撥頭髮：「替鍾笙祈禱吧！」

然後孝奶一手打在他的頭上：「別要帥了！快開始調查！」

「知道了！很痛！」

大家又在笑了。

鍾笙未必知道，在天騰島外還有一班人，正在盡力幫助他。

不，也許現在的他反而覺得……

不必需要幫助。

下午。

夢飛來到了**Nothing**企業，她已經打扮回普通的居民，沒有人知道她的身份。

她跟鍾筌首次進入企業一樣，都是同一樣的程序。

她來到了「New Staff」燈牌的房間，看著鍾筌看過一模一樣的片段，當然，她不會像鍾筌一樣，想去了解影片的內容。

夢飛的目的就只有一個，就是再次見到鍾筌。

「甄夢飛，你被安排的是30372695部門，今天正式上班，Nothing Bless You!」機械人說。

夢飛被安排跟鍾筌同一個部門。

CHAPTER 13 陌生人 Stranger

04

我叫甄夢飛。

一直生活在衣食無憂的家庭，從小就有工人照顧，上學放學都有專車接送。小時候，我想擁有什麼，爸爸媽媽都會買給我，我完全對金錢沒有概念，因為我與生俱來就不缺錢。

身邊的同學都很羡慕我，想看偶像的演唱會，門票多貴我也可以買；想要那一條名牌的長裙，一張附屬卡就可以，我甚至不知道，同學的羡慕，其實大部分都是出於「妒忌」。

然後，我開始用錢去買我的「友情」，跟我一起吃飯、去玩全是我付款，我身邊的朋友愈來愈多，不過，根本就沒有一個是真心的。

我是知道的，但小時候的我不肯承認而已。

直至有一天，我跟朋友說父母不再給我錢，沒法像從前一樣四處去吃喝玩樂，我甚至騙她們我需要錢，問她們借錢，所謂的「朋友」，開始在我的生活圈子消失。

我終於明白，當一個人「窮」，連朋友也沒有。

我覺得窮人真的很可憐，所以我決定要幫助窮人。

不過，後來我被「窮人」騙去的錢，比用來吃喝玩樂的更多，多幾百倍、幾千倍。

我開始覺得，根本不是「錢」的問題，而是……**「人」的問題**。

是人類讓金錢變得「醜惡」。

就好像公園那些禁止踐踏草地、禁止踏單車、禁止採花、禁止遛狗等等規則一樣，如果沒有人亂踐踏草地、亂採花、亂踏單車撞到行人、亂讓狗隻隨處小便，根本就不需要禁止。

不是「規則」的問題，也不是「金錢」的問題，是……

「人」的問題。

所以，當我父親去世後，我決定來天騰島，我想體驗一下窮人的感受，同時，我想讓他們改變，幫助他們。

當然，來到貧民窟生活後，那份無力感讓我很想放棄，我甚至不敢說出自己很有錢，還要打扮得醜陋，因為我知道如果我的身份被發現，我會得到怎樣的後果。

直至，「他」的出現。

鍾筌月的出現。

他用自己的方法，甚至可以說是奸險又邪惡的計劃，成功幫助貧民窟的市民，至少，讓他們可以做回一個「人」。

以前，我不覺得「以暴易暴」的方法可行，不過，在這個醜陋的人類社會中，也許這才是最好的方法。

鍾笙月對我來說，是人生中一個很重要的人，無論他的外表怎樣，我也很喜歡他；無論他是一個怎樣的畜生，我也不會放棄他。

我終於明白，為什麼「畜生」總是有人喜歡，因為我就是這樣的一個人。

鍾笙沒有對我做出任何壞事，他只是對付那些衣冠禽獸，我從來也不覺得他是一個「壞人」。

我記得，曾看過一本叫做*《APPER人性遊戲》的小說，男主角說過的一句說話。

「對你好的，就是好人，對你不好的，就是壞人。」

好人壞人，根本就沒有真正的定義。

對我來說，別人叫他「畜生」的鍾笙月，對我來說，他才是……「天使」。

一個我喜歡的天使。

……

…

.

30372695號室。

我從遠處已經看到了鍾笙，他正在把鞋帶拆出來，我不知道他在做什麼，只管立即走向他，

然後……

「鍾笙！」

我深深擁抱著他！

「你沒事就太好了！我很掛念你！」我的淚水快要流下。

他用一個奇怪的眼神看著我。

兩個月來，他跟我說的第一句說話是……

……

…

.

「我在趕著下月的最佳員工獎，妳先別阻著我！」

＊《APPER人性遊戲》，請欣賞孤泣另一作品《APPER》系列。

CHAPTER 13 陌生人 Stranger 05

「什……什麼意思？」我呆了一樣看著他。

鍾笙繼續埋頭苦幹地拆著鞋帶，沒有再多看我一眼。

我不期望他同樣想念我，不過，他的態度就像當我是陌生人一樣！

究竟……發生了什麼事？

「妳沒聽到嗎？鍾笙叫妳別阻礙他工作！」在他身邊的女生表情兇惡：「人家也不知道你是誰，就一下子擁抱別人，真沒家教！」

「別吵，飯田里，我認識她，她是我的朋友。」鍾笙說：「等我完成這批鞋才再聊吧！」

怎會這樣？他為什麼要拆鞋帶？而且要這麼落力？就連我也好像不想理會似的？

「甄夢飛，妳好。」此時一個女人走了過來：「我叫凌敏姿，大家都叫我姿姐。」

「他們……他們正在做什麼？」我看著全白的房間，全部人都在拆鞋帶。

「就是工作吧，為了得到每月的最佳員工獎，大家也落力地完成每天的工作。」姿姐溫柔地微笑。

我完全不明白！為了一個最佳員工獎，大家也在努力地工作？

不，其他人我不理，現在連鍾笙也變成這樣？

怎會這樣？！

「我安排你到蔡鎮榮身邊的桌子工作。」姿姐對著那個男人說：「鎮榮，你就教甄夢飛工作的步驟吧。」

「沒問題！」蔡鎮榮微笑說。

我走到了他身邊的桌子，看著前方大大小小的鞋盒。

「我們的工作很簡單。」蔡鎮榮說：「去拿鞋盒、取出鞋、拆鞋帶、放入籃，完成。」

他一面說一面做給我看，我完全沒有理會他，只是看著鍾笙的背影，他沒有停下來，繼續拆鞋帶。

同一時間，在他身邊那個叫飯田里的女生，回頭看著我。

用一個憎恨的眼神看著我！

……

…

午餐時間。

剛才我只是一直拆鞋帶，根本就不知道是在做什麼。

「鍾笙！」我坐到他身邊說：「究竟你在這裡發生了什麼事？」

「有什麼發生？就是工作吧。」他吃著飯說：「對，為什麼你會有資格來到Nothing企業工作？」

「什麼叫有資格？我寧願在外面生活，也不想在這裡做著千篇一律的工作！」我說：「你之前不也是這樣想？為什麼變成現在這樣？」

「我之前嗎？」他想了一想：「的確，之前我太壞了，現在在這裡工作，我得到解脫，生活變得更好了。」

「怎可能會變得更好？為什麼大家都做著奇怪的工作？究竟我們的部門是做什麼的？」我問。

「噓！」鍾笙非常緊張：「別要問這個問題，會被懲罰的！」

「懲罰什麼？」

「會被停止工作一星期！還要罰抄！」他瞪大了右眼說：「而且不可能得到每月的最佳員工獎！」

「什……什麼？」

天不怕地不怕的鍾笙，他竟然怕……罰抄？

一定有問題！一定出現了什麼問題！

他是不是已經……被洗腦了？

CHAPTER 13 陌生人 Stranger 06

「眼罩！你戴的花花眼罩，你記得是誰送給你的嗎？」我問。

「妳是不是健忘症發作？當然是妳。」他笑說：「很醜，不過我喜歡，蠻舒服的。」

他不是失去了記憶，而是……**整個人改變了！**

「你記得在畸形人展覽館的事？」我繼續追問。

「我怎會忘記？」鍾笙表情變得痛苦：「都是我的錯，很多人被我燒死了，我是有罪的。」

「你明明說他們已經不是人，生不如死寧願死去！」我反駁他。

「我錯了。」他看著我，眼中泛起了淚光：「我根本沒資格操控別人的生死，我總是在發惡夢，我為自己做過的事懺悔。」

鍾笙的表情不是扮出來的，他真的泛起淚光，他真心後悔自己做過的事……

我不斷搖頭，他根本就不是我認識的鍾笙！

然後……

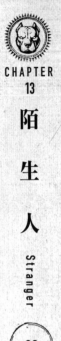

我一巴掌打在他的臉上！

他整個人也呆了！

「賤人！你怎麼打我的鍾笙！」坐在旁邊的飯田里大叫：「妳真的有問題！」

是……是我有問題？

全個食堂的人也看著我，我好像是異類一樣。

「夢飛，我寬恕妳打我，不過……」

鍾笙還未說完，我突然……

吻在他的唇上！

鍾笙你快醒過來吧！快醒！

全場人呆了一樣看著我們！

此時，食堂響起了紅色警號！

「員工嚴重違紀！員工嚴重違紀！」

幾個保安員突然衝向我們，把我跟鍾笙分開！

保安員看著我手臂上的資料：「甄夢飛、鍾笙月，**Nothing**企業不容許男女員工有親密行為，現在你們嚴重違紀，將要接受治療！」

治療……什麼治療？！

「不關鍾笙的事！是這個女的突然吻我的鍾笙！她才需要被懲罰！」飯田里指著我說。

「鍾笙月，是這樣嗎？」保安員問。

我眼眶泛起淚光看著他。

「對，是她突然吻我，不關我事的。」鍾笙說。

「什……什麼？」

他曾經為了保護我跟其他人大打出手，現在的鍾笙，竟然指控我！

「把他們兩個先押下！我們會翻查錄影，找出有問題的人！」保安說。

我已經不知道要說什麼，兩個保安員把我押下！

我的腦海中……一片空白。

……

…

．

一間昏暗的房間內。

有三個人坐在我的面前，我看不到他們的樣子，另外那個姿姐也在。

我雙手雙腳被扣著，或者，沒有一個人會相信，只是接吻，竟然要被如此鎖著。

我回憶起當時鍾笙的眼神，他……完全沒有要替我說話的意思，他還指控我。

「甄夢飛，妳為什麼要吻鍾笙月？」他們問。

我沒有回答，只是想著鍾笙那個討厭我的眼神。

「甄夢飛，妳為什麼要吻鍾笙月？」他們再問。

「三位大人，她只是第一天來Nothing企業工作，還有很多規則未知道，請你們原諒她的過錯。」

姿姐在替我求情。

「我們知道，不過，她犯下如此嚴重的罪行，我們不可能坐視不理。」他們說。

「只是接吻，為什麼是嚴重罪行？」我看著前方的黑影：「我喜歡鍾笙，我吻他有什麼錯？」

他們輕聲地互相說話。

「甄夢飛，如果你認錯，我們可以網開一面，只要妳不會再犯同樣的錯就好。」他們說。

「我為什麼要認錯？」

「甄夢飛，再問妳一次，妳認錯嗎？」

「我沒有錯！為什麼要認！」

「夢飛，就認錯一次吧。」姿姐擔心地說：「他們已經很好，給妳機會認錯。」

他們……全部人都瘋了……一定是瘋了……

「那沒辦法，我們要懲罰妳。」他們說：「因為妳嚴重違紀，不能只是罰抄這麼簡單。」

我看著姿姐的樣子，她……快要哭出來。

「妳將要被困黑房二十四小時，接受我們的『治療』。」

CHAPTER 13

陌生人

Stranger

07

夢飛被移送到另一間昏暗的房間，只有她一個人。

她被綁在一張特製的椅子上，而且還戴著一個金屬頭盔。

Nothing企業會殺死她？

才不會，她也是公司的「資產」，他們又怎會讓夢飛死去呢。

不過，夢飛將要接受比死更難受的懲罰。

「四覺懲罰治療」。

聽覺懲罰、嗅覺懲罰、視覺懲罰、味覺懲罰，每種懲罰六小時，一共二十四小時。

肉體上的虐待還可以復原，不過，精神上的虐待絕對更可怕。

「治療開始。」一把聲音說：「未來二十四小時，你將會不眠不休地接受治療。」

夢飛想掙扎，可惜，雙手雙腳已經被鎖死在椅上，而且嘴巴被封住。

在她耳朵上的耳機開始播出聲音，本來是柔和的音樂，慢慢開始出現了刀子刮玻璃、指甲刮黑板、油筆畫膠板等等聲音，然後，第二步的女性尖叫、嬰兒哭聲、貓叫春、電鑽聲等等。

沒有任何間斷，不斷重複播放六小時！

她對指甲刮黑板和女性歇斯底里的尖叫聲音特別有反應，他們會收集數據，然後把她最討厭的聲音播放次數不斷增加！

最初一小時夢飛還可以忍受，來到第二個小時，她已經想瘋狂地尖叫！可惜，她被封著嘴巴，叫也叫不出來！

聽覺懲罰不是一兩個小時，是六小時，她還要聽那些討厭的聲音至少五個小時！

她的臉色鐵青，表情非常痛楚。

……

…

·

六小時過去，沒有休息的時間，來到了「嗅覺懲罰治療」。

首先是食物，比如榴槤、納豆、臭豆腐、臭雞蛋、臭魚、壞了的芝士、過期食物等等，房間內不斷出現這些令人作嘔的氣味！

然後，就是臭坑渠水、垃圾房味、尿味、糞便味，還有生物身體上發出的臭味，比如臭狐、口氣、口水、嘔吐物，甚是老鼠腐屍！這些讓人一嗅就想作嘔的氣味，不斷出現在房間內，而且還會混合出現！

夢飛已經吐了出來，可是她的嘴巴被封住，她要把嘔吐物吞回去！

她想過閉氣，不過，閉氣完後，反而要吸更多的氣味，感覺更加難受！

一小時……兩小時……三小時……四小時……五小時……

六小時過去，夢飛可以吐的都吐出來，她已經再沒有掙扎，就像死去一樣。

當然，她還未死去，還有兩個懲罰還未開始！

……

…

.

「視覺懲罰治療」。

夢飛頭上的金屬頭盔發出閃光，在她眼前出現不同的血腥及恐怖電影片段，還有讓人密集恐懼的畫面，比如天花病人的照片、腐爛動物屍體上的屍蟲，只要她合上眼睛超過三秒，她會被頭盔電擊，當然，電擊不會把她殺死，反而會讓她更加的精神！

夢飛不斷地合上眼睛，因為她最怕血腥畫面，然後她被一次又一次電醒，她的眼淚已經快要流光……她開始出現不同的幻覺……

三小時過去，更恐怖的畫面出現，是真人的血腥畫面，有的是打仗，軍人身首異處，內臟流滿一地；有的是殺人犯虐殺女人，一刀一刀插入女人的臉上……

每經過一秒都像一年的漫長，夢飛已經像瘋子一樣，不斷驚叫、不斷搖晃著自己的身體，完全不能控制自己！

她唯一一個非常清晰的想法……

「我想現在死去！現在死去！」

CHAPTER 13 陌生人 Stranger 08

十八小時過去。

夢飛已經跟死人沒有分別，她整個人就像死屍一樣無力，她知道自己，一世都不會忘記這十八小時的過程。

來到最後一項懲罰，「味覺懲罰治療」。

封著夢飛嘴巴的東西，終於打開。

夢飛第一件要做的事，就是……大叫！

歇斯底里地瘋狂大叫！

可惜，她不能叫得太久，一個嘴巴固定器已經把她嘴巴強制地張開！

夢飛吞下了口水，發出了恐怖的喉嚨聲。

味覺懲罰放在最後六小時，除了因為這是最可怕的懲罰外，也因為怕「被治療者」會在這六小時已經沒法抵受而咬舌自盡。他們才不會讓被治療者就這樣完結治療。

首先出現的「食物」，全是流質的……內臟與生肉，剛剛的六小時才看完血腥畫面，現在要吞下這些食物簡直就是最恐怖的虐待！

夢飛不斷反芻想把內臟吐出來，可惜她沒有成功，因為機械手臂不斷把流質食物灌入她的喉嚨中，她只能一直吞下去，然後又吐出來！

不斷重複整個過程！

每十五分鐘灌食一次，就如貓灌食一樣，針筒一樣的儀器，把食物灌入夢飛的喉嚨之內！

夢飛的雙眼充滿了血絲，現在她的樣子變得非常恐怖！

三小時過去，夢飛已經吐到全身都是嘔吐物，快要失去知覺。不過，如果她真的昏迷了，她頸上像電狗帶一樣的裝置，會把她電醒。

夢飛的樣子變得非常蒼白，雙眼失去了焦點，根本沒有人知道經過這二十一小時之後，她會有什麼的想法。

最後三小時。

同樣是流質的食物，當中包括了變壞了食物、被絞碎的狗糧、昆蟲的屍體，還有她自己的嘔吐物，所有不會有人放入口的「食物」，通通也灌入夢飛的喉嚨之中！

來到這一刻，夢飛已經沒有反抗，她任由流質的食物灌入自己的嘴巴之內，她覺得，自己已經跟死人沒有分別……

他們一直灌，每十分鐘一次，她吞的吞、吐的吐，根本已經沒有任何的其他動作。

夢飛不斷被虐待的二十四小時之內，她想得最多的人是……鍾筌月。

她想著鍾筌是否不喜歡自己？

她想著鍾筌為什麼要這樣對她？

她想著自己被如此對待，可以換來鍾筌的清醒，值得嗎？

值得嗎？值得嗎？值得嗎？值得嗎？不斷的反問，得到了一個答案……

……

「我願意為他這樣做。」

這是她一直捱下去的動力。

愛一個人的力量。

「甄夢飛，二十四小時治療結束，希望妳在這次懲罰之後，可以重新改過。」廣播說：「**Nothing Bless You.**」

「嘿嘿嘿……嘿嘿……」夢飛像瘋了一樣在傻笑。

她在笑自己竟然可以捱過這二十四小時？

她在笑自己竟然用錘笙來鼓勵自己？

沒有人知道她在笑什麼。

不過，可以肯定，對於人類來說，肉體上的虐待的確很痛苦，不過，更可怕的是……

心靈上的虐待。

我們沒法抹走心靈和精神上的虐待，它會一直存在於我們的腦海之中。

直至……死去的那天。

CHAPTER 13 陌生人 Stranger 09

兩天後。

一間盤問房內，面無血色的夢飛，正坐在桌前，一支懷舊的大光燈照著她。

她已經休息了一天，洗過澡換上了新的制服。

不過，對她來說，根本就沒有休息過，腦海中依然充斥著那二十四小時的畫面。

懲罰完成了？不，是治療完成了，可以離開了？不，她還未可以回到自己的部門工作。

還有最後一件事要做。

「甄夢飛小姐，恭喜妳完成了四覺懲罰治療。」一個男職員看著手中的報告。

恭喜？他是不是有問題？

或者，有問題的不只是這個男職員，而是整個 Nothing 企業。

「現在問妳一個問題，妳還會違反 Nothing 企業的規則嗎？」他問。

夢飛完全沒有反應。

「妳還會違反 Nothing 企業的規則嗎？」他再問。

夢飛呆滯，依然沒有回答。

職員繼續問，不斷問同一個問題，根本就是精神上的轟炸。

直至來到……第二千零四十三次，夢飛終於開口。

「我不會再違規。」

男職員從來沒有強迫她回答，只是一直地問，是夢飛自己回答的。

同一時間，在房間內的綠燈亮起，房間內已經安裝了測謊機，夢飛沒有說謊，她會安安份份，

在**Nothing**企業繼續工作。

「恭喜妳，妳可以離開治療室，回去工作。」男職員微笑說。

要如何去「控制」一個人？

要如何去「再教育」一個人？

要如何去「再改造」一個人？

要如何去令一個人「真心」守規則？

或者，這就是**Nothing**企業的……**最好方法**。

……

⋯

.

員工食堂。

夢飛回到了員工的食堂，其他員工都用奇怪的目光看著她，沒有人敢上前問好。

除了他。

不，是他們，飯田里和鍾笙月。

「亂吻別人的姣婆，呵！終於回來了！」飯田里奚落夢飛。

「別要這樣說好嗎？」鍾笙說完，看著夢飛：「妳沒事嗎？」

夢飛用一個空洞的眼神看著他。

「下次別要犯規了，知道嗎？」鍾笙說：「這樣會影響整個企業的士氣。」

在他關心夢飛的同時，可以感覺到鍾笙更關心**Nothing**企業。

「別理會她了，我怕她會傳染我們！」飯田里說：「我們走！」

「再見。」鍾笙說。

鍾笙完全沒有關心夢飛遭受過什麼對待，他真的怕被傳染？

「違規」是傳染病？會有破窗效應？

就在此時，突然！

夢飛在餐桌上，拿起了一把鐵叉！

她要攻擊鍾笙？還是那個揶揄她的飯田里？

不，夢飛用鐵叉對著自己的左眼眼球！

「鍾笙月！你肯醒了嗎？肯醒了嗎？」

夢飛回答過不再犯規，但員工守則中，沒有列明「自殘」是犯規，因為在Nothing企業中，從來也沒有人會自殘！

鐵叉快速插向夢飛的眼球，她非常有決心，眼也不眨！

一個這麼漂亮的女生，沒有了左眼，會變成怎樣？

或者，有更多人會覺得她是「怪物」！

血水滴在地上，全個食堂的員工也呆了看著事情的發生。

包括了被嚇得不敢直視的飯田里。

鐵叉深深地插入了，血水從傷口湧出……

鐵叉上的眼球呢？

沒有，鐵叉上沒有眼球。

鍾笙在最危急的關頭，用手掌……擋、住、了、鐵、叉！

鐵叉深深插入了左手的掌心之中！

這次到夢飛整個人也呆了！

然後，鍾笙在她的耳邊說話。

這個熟悉的陌生人，跟她說了一句說話。

他在說什麼？

同一時間，夢飛……

流下了眼淚。

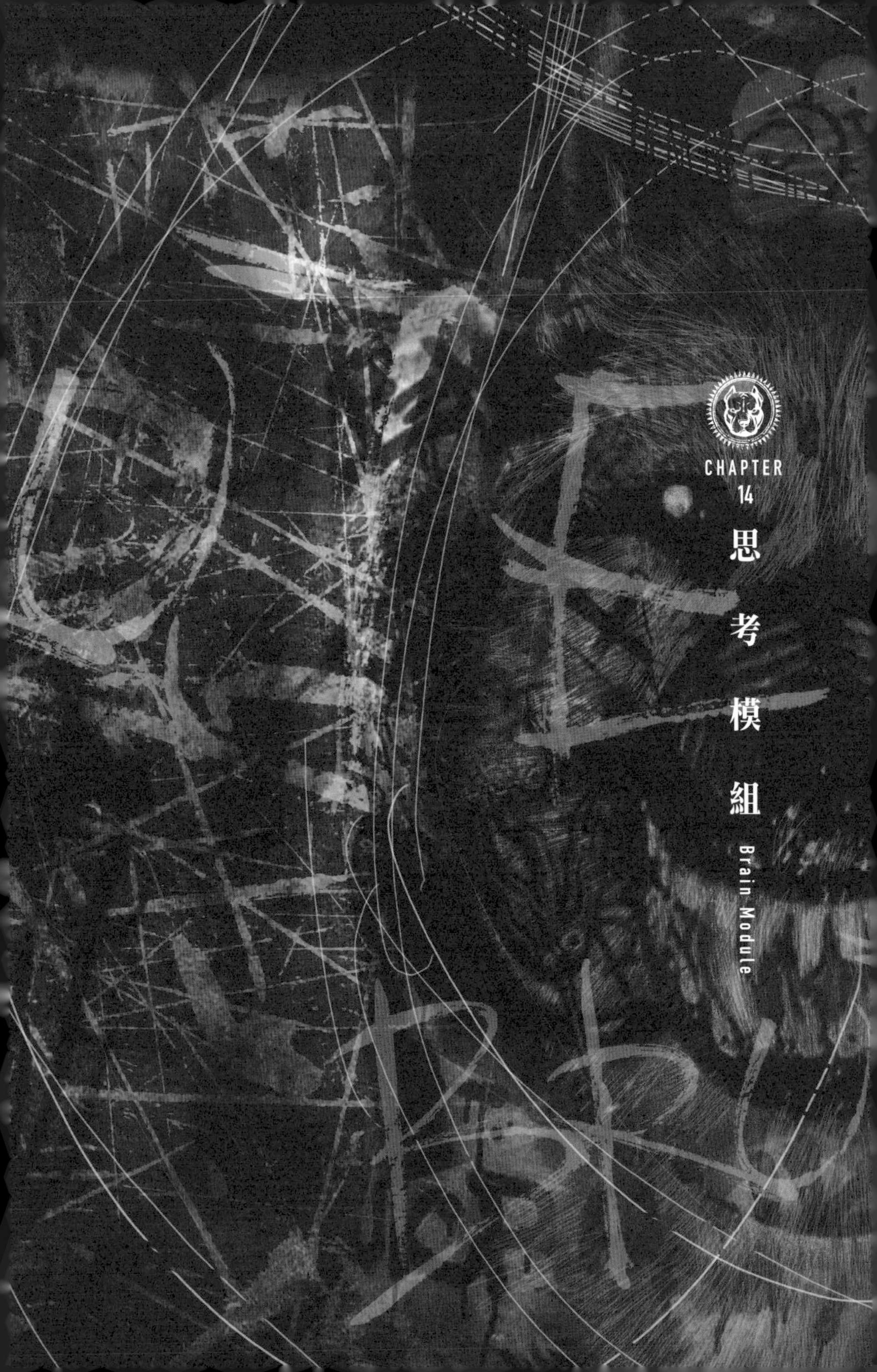

CHAPTER 14
思考模組
Brain Module

CHAPTER 14 思考模組 Brain Module

01

天騰區一所大型的科研中心。

這所科技中心閒人免進，保安也是最高的規格。

一間實驗室內，幾個穿上科學家白袍的男人，跟另一個男人解釋著。

跟張宙樨解釋著。

在他們前方的大型落地玻璃，是一面單向玻璃，在裡面的人看不到他們眾人。

房間內，坐著一個發呆的光頭男人，在他前方，放著一些測試小朋友智力的玩具，星星、正方、圓形的立體積木，還有一個可以放入不同形狀積木的木箱。

在房間後方，還有一隻三個月大的小花貓。

「他是實驗品一三一零號，已經在Nothing工作四年，通過了四覺懲罰治療測試。」其中一個高級的科學家跟張宙樨說。

「嗯。」張宙樨看著那個光頭男人。

科學家按下了對話器：「你叫什麼名字？」

「廖逸生。」男人說。

「不，你真正的名字。」科學家說。

男人看著玻璃鏡前的自己：「我叫二三三二零號。」

「不錯。」科學家微笑：「請你把桌上的玩具，放入木箱之中。」

男人開始動手，一個連小朋友都會玩的玩具遊戲，那個男人竟然沒法把積木放入木盒內，他拿著星星形狀的積木，在圓形的洞前，怎麼都放不下去。

「我們調教了他的思考方法，他沒辦法簡單地分別積木的形狀。」科學家說。

張宙樨看著男人微笑。

「圓周率是多少？」科學家問男人。

「3.14159265358979323846264338327950288419716939937510……」

男人沒有停下來，繼續讀著無限的圓周率。他不懂得放入積木，卻可以讀出無限的圓周率，全因為科學家調教了他的「思考模組」（Brain Module）。

「停止。」科學家說。

男人沒有再念下去，張宙樨高興地看著他。

「二三三二零號。」科學家按下對話器：「拿起桌上的手術刀。」

男人按照他的說話拿起了刀。

「切去你身後那隻小貓的左耳。」科學家說。

男人走到後方，看著那隻睡得正甜的小花貓，然後……

「擦……擦……擦……」

血水染滿了男人的雙手，男人……**把自己的左耳切了下來。**

「剪掉小貓的舌頭。」科學家繼續說。

男人拿起了一把剪刀，然後伸出了自己的舌頭……在舌頭上剪下去！而且他面不改容，血水從他的口腔瘋狂湧出！

「他的『思考模組』已經設定了不能傷害貓這種生物，只要他腦海中出現了傷害貓的想法，就會對自己做出相同的舉動。」科學家解釋。

張宙樨，笑了。

對於科學家來說，人類用生物來做實驗是很正常的事，現在只不過把老鼠換成了人類而已。

「第三階段研究已經完成，很快就會進入最後階段。」科學家說：「到時再叫張生來看我們的成果。」

「很好。」張宙樨說：「我可以控制他？」

「當然，我們已經輸入你的聲線頻率。」

張宙樨按下對話器：「用剪刀插入自己的喉嚨。」

滿口鮮血的男人看著面前的單向玻璃。

他臉上出現一個痛苦的表情，流下了眼淚。

然後，他雙手握著剪刀……**把它插入自己的頸中！**

張宙樨笑得更高興。

CHAPTER 14 思考模組 Brain Module

02

天騰集團大廈。

在科研中心的張宙樨非常高興，不過在另一邊，兩個人正在吵架。

金秀日與崔靜書正在吵架。

在沙發前的茶几上，放著一疊文件，文件上方寫著「崔靜書」三字。

「金秀，你不應該調查我……」靜書說。

「我不調查妳？那妳不就一直隱瞞自己的身份？」金秀憤怒地說：「我不調查妳？我怎會知道妳只是張宙樨留在我身邊的人！」

等等，之前金秀不是已經確認過崔靜書不是「間諜」？如果她在說謊，「恐慌指數」一定會有變化，金秀多次的測試，從沒看到她的 PAI 有改變，所以他才相信靜書。

為什麼現在卻說崔靜書是張宙樨派來他身邊的人？

桌上的資料，就是金秀調查得到的。

崔靜書不是普通人，她是曾經在俄羅斯特訓的……亞裔特工，她其中一項專長，就是要瞞過測謊機，不能有任何的情緒反應。

同時，她瞞過了金秀。

不只是辦公室的秘密攝錄機，張宙樨還派她來監視金秀。

張宙樨的確是一位做事非常謹慎的人。

「金秀，對不起，我……」靜書走向了金秀。

金秀用力地捉住她的頸！

現在，金秀看到她的 **PAI** 終於有變化，數字來到了**7**！

「為什麼？」金秀泛起了淚光：「我什麼也跟妳說，一直以來我最相信的就是妳！為什麼妳要出賣我？！」

「我……」靜書沒法說話。

金秀把手放開。

「對不起！我也不想欺騙你！我的家人被他控制著，我只能這樣做！」靜書擁抱著他。

「走開！」金秀一手把她推開。

他們對望著。

就像一種絕望的視線對望。

世界上，金秀只相信兩個人，其中一個就是崔靜書，他完全不能接受被背叛的痛苦與憤怒。

「走！妳給我走！」金秀眼神凶狠：「我怕我會……殺、了、妳！」

「金秀……」

「走呀！」金秀把桌上的東西全部推倒在地上。

崔靜書只能流著淚離開他的辦公室。

金秀坐在沙發上，雙手插入髮根之中，他再次看著前方靜書的資料，他從來沒有想過，能夠看到PAI的自己，竟然被騙！

還要被一個最信任的人欺騙！

不是他的能力出現問題，而是「人類」的問題，人類可以用任何方法說謊！

他想起了一直以來欺騙他的崔靜書。

不禁流下了眼淚。

晚上。

崔靜書的家中，多了一個男人，他是張宙榍。

「被發現了。」靜書拿著紅酒杯冷冷的說：「你要解雇我嗎？」

「我又怎會解雇妳這能幹的大美人呢？」張宙榍用手指捉住她的下巴：「妳已經做得很好，不過，還是沒法知道金秀經常聯絡的那個人是誰。」

「你別要雞蛋裡挑骨頭好嗎？」靜書笑說：「我已經套了他很多說話，知道他一直也想奪去你的權力，我應該要加人工，不，是加特工的長期服務金。」

「那就要看妳今晚有什麼好表現了。」張宙榍摸著她白滑的肩膀。

「你想我有什麼表現？」靜書沒有推開他，反而摸著他的臉龐。

然後，他們開始接吻。

靜書用力咬著張宙樨的唇，嘴唇被咬出血水。

「妳喜歡這樣暴力的嗎？怎麼金秀沒跟我說？」張宙樨笑說。

「他還有很多東西沒跟你說呢。」靜書用一個誘惑的眼神看著他。

就在此時……

崔靜書的家門突然打開！

「是誰？！」

CHAPTER 14

思考模組

Brain Module

03

闖進崔靜書家的人是張蘭灘，還有他幾個手下！

「發生什麼事？」崔靜書非常驚慌。

她看著張宙樨，他用白色的手巾抹去唇上的血水。

「妳是不是在想，為什麼我……」張宙樨奸笑：「還、未、中、毒、死、去？」

崔靜書瞪大眼睛看著他。

「因為我已經吃了跟妳一樣的解藥。我弟真的不錯，反過來利用妳來對付我。」張宙樨說：「可以讓一個特工真心的愛上，真的不簡單呢。」

崔靜書知道自己已經被識穿，她從桌下方快速拿出一把象牙手槍！

張宙樨比她更快，一腳踢向她的手，手槍被踢飛！

同一時間，張蘭灘與手下已經進來！

「妳不問我為什麼會識穿你們？」張宙樨表情奸險：「在辦公室安裝秘密攝錄機的用途，不是用來監視金秀，反而是要金秀用來對付我。看來，我的想法的確沒有錯。」

是什麼意思？

他知道金秀是一個非常聰明的人，他一定會發現自己的辦公室被安裝了攝影機。為什麼金秀沒有揭穿？很簡單，就是因為他覺得總有一天攝影機可能會有「利用價值」。

然後，就在中午時，金秀揭穿靜書身份，攝影機全拍下來。金秀要張宙樨看到，自己已經揭穿靜書是張宙樨安排在他身邊的人。

其實，他們吵架，全部都是「演戲」。

靜書真心愛上金秀，她要幫助金秀反過來對付張宙樨。

因為安排在金秀身邊的事敗露，靜書約張宙樨一個人來到她的家，然後，她就可以引誘他，用毒藥把張宙樨毒死。

可惜，這一步棋，已經被張宙樨早早看穿。

不，是「每一步棋」都已經被他看穿。

無論是攝影機被發現而金秀沒有拆穿，還是靜書真心愛上金秀，全部都已經在他的估算之內。

「這一局，還是我贏了呢，嘰。」張宙樨看著窗外的天空。
他很喜歡贏，尤其是贏那些他認為非常聰明的人，像金秀一樣的人。
手下已經把靜書制伏！
「放開我！」靜書大叫。
「叫什麼？去你的！」張蘭灘一巴打在她的臉上：「宙樨，現在怎樣處置她？」
「任由你決定。」張宙樨看著靜書：「大伯，不如你跟你的手下代我繼續『做』剛才我們想『做』下去的事，我就知道大伯你最喜歡玩什麼。」
張蘭灘看著漂亮的靜書，淫邪地奸笑。
「不要！放開我！放開我！」靜書痛苦地掙扎。
「我有事要忙，先走了。」張宙樨說。
在他離開之前，回頭說：「玩完後，你們什麼也不用處理，離開就可以。」
「沒問題！」張蘭灘大笑。
然後張宙樨離開了靜書的家，關門前，他只聽到靜書痛苦地大叫。

他高興地微笑。

……

…

．

一小時後。

一架最新款的黃色法拉利泊在靜書家門前，他開車來時，超速衝了三次紅燈。

因為靜書一個小時也沒跟他聯絡，金秀知道事態不妙。

金秀快步走入了靜書的睡房……

一個全裸、下體被插住性玩具的女生，躺在滿是血水的床上！

她是崔靜書！

金秀走到床邊，輕輕把她抱在懷中，靜書已經沒有呼吸，死前的樣子非常痛苦。

金秀的眼淚流下，他內心只有憤怒！憤怒！非常憤怒！

他知道，是誰把靜書殺死，這樣虐殺女人的，金秀只認識一個人……張蘭灘。

為什麼張宙樨最後說「你們什麼也不用處理」？

很明顯，是因為他知道金秀會來找她，同時，他也知道張蘭灘這個變態的男人，會怎樣對待崔靜書。

「張宙樨、張蘭灘，你們兩個將會死得很慘很慘！」

CHAPTER 14

思考模組

Brain Module

04

兩天前，**Nothing**企業食堂。

夢飛想插盲自己讓鍾笙清醒，鍾笙在最危急的關頭，用手掌擋住了鐵叉！

鐵叉深深插入了他左手的掌心之中！

這次到夢飛整個人也呆了！

然後，鍾笙在她的耳邊說話……

「離開後，我們一起去食雞粥。」

夢飛聽到這句說話後，流下了眼淚。

因為他知道，這個變得陌生的男人……依然是他認識的鍾笙。

……

…

．

兩天後。

凌晨，Nothing 企業。

他靜悄悄來到了女子宿舍，他已經跟她約好了偷偷見面。

夢飛從宿舍的玻璃窗爬出來，她不小心跘倒，整個人向前跌！

他快速走到玻璃窗下方，一手把她接住！

「鍾笙！」

他給她一個安靜的手勢。

「跟我來！」鍾笙牽著她的手，離開了女子宿舍。

他們來到了一個純白的公園，在這裡種滿了白色的玫瑰花，鍾笙打開了手臂上的隔音功能，他們兩個人被一層白光包圍。

在 Nothing 企業，男女員工絕對不能相約晚上外出，現在他們正嚴重違規，違規會有什麼的懲處，也許每個人也知道。

「我……」

正當夢飛想說話之時，鍾笙吻在她的唇上。

本來僵硬的她，整個人也軟化下來。

「對不起。」鍾笙擁抱著她：「對不起……真的對不起。」

他不斷在道歉。

「現在你是不是跟其他人一起玩我？」夢飛迷惘：「然後再次要我接受懲罰？」

「不是，我當時不知他們會用上『四覺懲罰』，我以為只要妳罰抄！」可以看得出鍾笙的眼神非常痛苦。

「我不明白……」夢飛在搖頭：「究竟哪個才是真正的你？」

「我會跟妳全部解釋清楚。」鍾笙說。

「但我們在這裡不會被發現嗎？」

「這兩個月我已經調查得非常清楚，早上六時才會有人出來公園。」鍾笙說：「跟我來。」

鍾笙把她帶到一張長椅上坐下來，而他蹲在地上。

他的手從第一秒開始到現在，也沒有放開過，夢飛知道，這個人才是真正的鍾笙月。

「我在調查Nothing企業的秘密，這兩個月來我扮成跟他們一樣……『被控制』。」鍾笙認真地說。

「被控制？」

「對，這是一種控制『思考模組』的科技，只要在Nothing企業工作得愈久，『自由意志』會被漸漸修改，成為不遲到、不曠工、不違規，聽聽話話的員工。」

夢飛皺起了眉頭，完全不能相信。

「我要扮成跟他們一樣才可以繼續在Nothing企業調查，我才會這樣對妳，對不起。」鍾笙說。

「如果這是真的，為什麼你又不會被控制？還有自己的思考？」夢飛問。

「我有跟妳說過吧，我的手臂是一隻機械手臂，它可以給我恆溫，冬天不穿衣服也不會覺得冷。」

鍾笙舉起了自己的右手：「因為手臂連接了我的大腦意識，可以跟隨我的思考去調節。就因為連接了我的大腦，所以它在Nothing企業能讓我繼續保持清醒。」

「原來如此……」

「本來我快要搜集到足夠的證據，妳卻突然出現了……」鍾笙說。

「我想念你才會來找你！你還怪我？」

「不是！只是打亂我最初的部署。」鍾笙再次吻在她的臉頰：「現在我已經想好新的計畫，妳來了更好！我們可以一起對付Nothing企業！」

「等等！」夢飛把他拉起，坐在她的身邊：「現在可以跟我做一件事嗎？」

「沒問題，妳想做什麼？」

然後夢飛把頭依靠在鍾笙的肩膊上。

「停止說話，靜靜地跟我一起坐在這裡。」

「嘿。」鍾笙苦笑。

鍾笙沒有說話，他們兩人一起看著天上的星星，就像在秘密河邊時一樣。

一起走入……

只有他們兩個人的世界。

CHAPTER 14

思考模組

Brain Module

05

良久，夢飛終於說話。

「我們已經是情侶了？」她問。

「如果妳不介意跟一個單眼盲人一起的話。」鍾笙笑說。

「我不介意，從我第一次見到你失去眼睛時，已經不介意。」夢飛雙手緊緊地抱著鍾笙的手臂：「因為我喜歡你。」

鍾笙吻在她的秀髮上。

「好了，你快跟我說**Nothing**企業究竟是在做什麼的？」夢飛問：「那個四覺懲罰治療，不是一般正常人可以捱得過！」

「那妳是怎樣捱過的？」鍾笙問。

「我想著你。」夢飛笑說：「我要向你報仇！」

「看來你報仇成功了，我現在整個人也是屬於妳。」鍾笙微笑。

夢飛莞爾：「下一步要怎樣做？如果不離開，我怕我總有一天，會變成像其他人一樣。」

「我已經有計劃。」

「什麼計劃？」夢飛突然想到：「究竟我們一日九個小時在拆鞋帶，其實是在做什麼？」

鍾笙認真地看著她：「製造……『武器』。」

時間回到鍾笙來到 **Nothing** 企業的第一個月。

他知道對抗也沒有用，就像十來歲在地庫被困時一樣，他沒法反抗，就要扮作順從，然後再想出計劃。

「晚上十二時最後巡邏，然後到凌晨三時才會有職員換班。」

他記著 **Nothing** 企業的職員工作時間，非常容易就可以知道每天的時間表，因為在 **Nothing** 企業的工作都是千篇一律，不會改變。

每一間企業，都想擁有「聽話」的員工，加上規律的工作，這反而讓鍾笙的計劃更容易進行。

找出職員的時間表後，他就可以在凌晨時段自由地活動。

當然，閉路電視拍到的位置和企業內錯綜複雜的走廊，他也了解得一清二楚。

最初他走進不同的房間，想知道每間房間究竟在做什麼工作，拆除手錶、白紙過膠、拆走鞋帶、拉出卡式帶磁帶、打開汽水樽蓋、拆開扭蛋、取出枕頭棉花等等，鍾笙以為是有關廢物再造的工作，

不過，他又在其他的房間發現了……

安裝手錶、剪開過膠取出白紙、穿回鞋帶、補回卡式帶磁帶、扭回汽水樽蓋、合併扭蛋、把棉花放入枕頭等等，全部的工作都……

倒過來重複做一次。

取出、入回、取出、入回、取出、入回、取出、入回……

這已經不可能是有關廢物再造的工作，鍾笙想到了另一個可能性……

「Nothing 企業不是在生產商品，而是利用商品來製造『產品』。」

那些手錶、波鞋、汽水樽、扭蛋根本就沒有意義，最重要是……「**不斷重複工作的員工**」。

Nothing 企業正真的業務，不是什麼廢物再造！

「員工」就是他們的「產品」。

Nothing 企業製造的是……「員工」。

一星期後，鍾笙終於證實了自己的觀點。

CHAPTER 14

思考模組

Brain Module

06

鍾笙來到了某一樓層的資料室，資料室放著大量「改造」資料，當中包括「改造人類思考模組」的計劃。

在貧民窟中，他看到拆除手銬和白紙過膠的工場，只是虛假的掩飾，**Nothing** 企業才是真正的「業務」。

在**Nothing** 內吃的食物，甚至是呼吸的空氣，都加入了一種無色無味，名為*第一代「螺旋」**(Spiral)** 的化學物質，最重要是，當人類吸入或進食後，需要經過長時間的「發酵」，才可以控制人的思考。

而「發酵」的過程，就是不斷重複做同一件事。

人重複做同一工作時，大腦會自動完成，毋需經過思考。比如每天刷牙，毋需每次思考怎樣刷，我們的大腦，可以不用思考就完成「刷牙」這指定的工作。

「不假思索」的大腦運作，就是控制整個發酵過程，讓員工慢慢地改變自己的想法、思考、道德觀等等，最後成為最重要的「產品」。

不，更正確來說，是最重要的「武器」。

一個可以被完全控制的「員工」，可以做什麼？

鍾笙在其中一份報告中，發現了「軍事用途」。

無論一個有多服從命令的士兵，都有自己的思想和意志，上級可以命令他，卻不能完全控制他。

但如果Nothing企業的實驗真的成功，那些自殺式襲擊、自願犧牲的想法都可以加諸於人類的腦海……

世界將會完全顛覆。

比恐怖分子和宗教更可怕，因為，人類已經可以完全被控制。

天騰島「再教育營」的真正意思，不是「教育」，而是「控制」。最重要的生意，就是發展和研發這樣的科技，然後把「員工」賣給有需要的人士和國家。

這十年來，天騰集團就是暗地裡做著這可怕的研究與生意。

為什麼要把監禁囚犯的方法，變成現在天騰島的生態？

因為，他們要從囚犯和居民之中，找出合適的「優質」人類，然後來到Nothing企業工作，利用這些優質的實驗品，培訓出最可怕的……「武器」。

而這武器的名稱叫……

人類。

Nothing企業公園。

夢飛聽到整個人也冒汗，她完全沒想到，天騰島最可怕的生意，不是毒品，不是畸形人展覽館，也不是販賣人體內臟，而是……把員工製造成「武器」。

「天騰島有一所科研中心，也許就用來測試Nothing企業的員工。」鍾笙說：「最初，我以為天騰島的失蹤率這麼高，是因為把人殺了取出內臟製成食品，看來那所食物工場只是掩飾，而且他們已把所有罪名都推給張賓實等人。真正失蹤的人，其實是成為了『實驗品』。」

張宙樨要對付張賓實，不只是因為討厭他們，而是把失蹤的事歸咎於他，這樣就不會有人懷疑Nothing企業把人作為研究的白老鼠。

「這樣說，金秀也一直知道張賓實他們做的事？而不是被你揭穿後才知道……」夢飛說。

「金秀？」

夢飛告訴鍾笙自己和金秀其實早就認識。

「金秀為什麼會跟他們同流合污？」夢飛說。

「不，我覺得不是這樣。」鍾笙在思考著：「是他讓我來Nothing企業工作的。」

「什麼意思？」

「妳當時說要來Nothing企業工作，金秀是不是一口答應？」鍾笙問。

「對！」

「或者，他要妳來把我弄醒……不過，他不知道我其實沒有被控制……」

「什麼意思？」

鍾笙沒有回答她，他的腦海中，又再準備好新的計劃。

*「螺旋」(Spiral)，詳情請欣賞孤泣另一作品《九個少女的宿舍》。

CHAPTER 14 思考模組 Brain Module

07

天騰區高尚住宅區一棟三層別墅內。

至少有五個黑衣人被割喉而死。

「已經完成，你那邊？」一個男人對著手臂說。

他叫大黑，曾經是張蘭灘的貼身保鑣，不過，現已被「他」雇用，工資是本來的五倍。

被金秀雇用。

「差不多。」在房間的金秀說。

「對不起，求求你放過我！」被吊起的男人大叫：「全部都是你哥指使的！不關我的事！」

張蘭灘像狗一樣向金秀求饒。

金秀沒有回答他，用軍刀向張蘭灘的下體插下去！

血水染滿了他的睡褲，張蘭灘痛苦地大叫！

「你插人就可以？我插你就像狗一樣叫？」金秀冷冷地說，然後再向他的下體插一刀。

金秀看到他的**PAI**，轉眼間變成了**9**！極度恐慌！

他再次大叫，不過，張蘭灘已經被加上了靜音系統，全身也被白光包圍，他怎叫也沒有人會聽到。

「金秀……求求你別殺我……」張蘭灘痛苦地說。

「我不會殺你，我會斬斷你的手腳，然後把你關起來。」金秀說：「每天有人會餵你三餐。每個月我都會來探你，孝敬你老人家，還會給你看A片，不過，你的下體已經沒用了。」

「不……不要……」

「對，剛才你說是我哥指使你？」金秀托托眼鏡：「我、比、你、更、清、楚、我、哥！」

他說完話後轉身就走：「大黑，你跟手尾。」

「沒問題。」

金秀抹去臉上的血跡，走出了張蘭灘的別墅，他還未完成他的報仇行動，他下一站目標是張蘭灘的豪宅。

還有張蘭灘的兩個太太，和他三個子女，金秀要他們一起……陪葬！

對他來說，殺人從來不分男女老少，金秀才不怕自己變成一隻「禽獸」，他反而覺得，當「恐慌指數」變成0時，才是人類的真正解脫。

他坐上了他的黃色法拉利離開，高速駛向張蘭灘的豪宅。

此時，車內的電話響起。

「說話。」他說。

「金秀，放過他的家人吧。」又是同一把沙啞的女人聲。

「那誰放過靜書？」金秀冷冷地說。

女人沒有說下去，她最清楚金秀的性格。

「張宙樨？」她轉換了話題。

「他出手了，我也不用再扮下去。」金秀說：「他會比張蘭灘死得更慘，慘一萬倍。」

一直以來，金秀想把整個天騰集團吞併，他一步一步走向他的目標，現在的天騰集團已經潰不成軍，是時候出手。

金秀想利用靜書殺死張宙樨，可惜靜書反被殺。他已經無需要再扮下去，張宙樨將會是他最後的目標。

為什麼金秀要吞併整個天騰集團？

都只因為「兩個人」。

他的父母。

他駕駛著黃色法拉利長驅直進。

……

…

.

第二天早上。

新聞報導。

「天騰集團長兄張蘭灘，倒臥在他的私人別墅中，別墅內其他的保鑣全部身亡，還有張蘭灘全家也被殺，警方懷疑跟仇家有關，現正全力緝兇……」

天騰集團大廈。

金秀走進張宙樨的辦公室。

「大伯真慘，全家被殺。」張宙樨關上了立體電視：「我們天騰集團究竟發生什麼事？一個又一個死去，金秀我們又要出席他的喪禮了。」

金秀的手槍，已經指著張宙樨。

「你想怎樣？」張宙樨完全沒有驚慌。

「殺了你。」金秀無情的地說。

「你就這樣殺我？」張宙樨說：「全世界都知道兇手就是你。」

「你還不明白嗎？為什麼我這麼容易就可以進來。」金秀說。

「什麼意思？」

CHAPTER 14

思考模組

Brain Module

08

「你的秘書、私人助理、辦公室保安，全部都是我的人，都被我收買了。」金秀自信地說：「你以為只有你會安排人在我身邊？」

張宙樨收起了笑容。

這麼多年來，金秀處心積慮，就是要把整個天騰集團搶過來，他一早已經安排好。

當然，殺死張氏家族全部人，也是他一直以來的目標。

「等等，金秀……」張宙樨退後了一步：「是靜書想殺我，我才會……」

「不用解釋了，其實我一早已經想殺你。」金秀按下了手槍的安全掣：「靜書是我安排去殺你的，也許你早已經知道了吧。」

「那不就是你害死了靜書？」張宙樨說。

金秀想不到他會這樣說，因為這樣會刺激金秀更想殺他。

「如果不是你叫她來殺我，她就不會被強暴，然後痛苦地死去！我想她被強暴時，一定是想著你！

哈哈！一定是！是我叫張蘭灘去姦殺崔靜書，我就是要你幫我把最後一個老餅殺掉！我不只是利用他，我還利用了你！」

金秀聽到他的說話後，非常憤怒！

但奇怪地，他看到張宙樨的恐慌指數，完全沒有改變，保持在1的平靜範圍……

明明被槍指著，為什麼他一點都不恐慌？

就算是經過特訓的靜書，也不可能被槍指著而恐慌指數沒有上升，他……是怎樣做到的？

不……

張宙樨不是在抑壓著恐慌，他是……**真的完全沒有恐慌！**

「來殺我吧！」張宙樨大叫。

金秀開槍！

……

金秀開槍！

……

但他的手在顫動著，他……沒法對著張宙樨開槍！

「金秀啊金秀，你真的以為我不知道你一直以來想做什麼？」張宙樨完全不怕被槍指著，還走到小酒吧，倒出了紅酒：「你真的以為這樣就可以殺我？」

金秀的腦海中開始出現混亂，他全身也在抖顫！

「你以為你這麼喜歡殺人……都是你自己的性格？」張宙樨喝著紅酒。

金秀的瞳孔放大。

「這只不過是……**我給你的性格。**」張宙樨笑說。

什麼意思？！

就算「神」也沒法完全控制人類，但張宙樨卻想做得比神更強大，才會出現Nothing企業！他想控制人類，比神更強大！

「你父親說我的『人渣指數』有一百二十分，是全世界最高分的男人。」張宙樨說：「而我也給你一個數字編號……」

他走到金秀槍前，用額頭頂著槍口！

「你叫什麼名字？」張宙樨突然問。

「金秀日！」

「不，你真正的名字是什麼？」

金秀慢慢地放下了手槍，沒法控制自己地說……

「0001號。」

……

…

．

十八年前。

科研中心還未搬上天騰島，甚至天騰集團還未出現。

一個只有十歲的男孩，抱著一個兩歲的嬰兒，來到了科研中心。

「少爺，別要說笑了。」科研中心的科學家說。

「我不是說笑。」他把一份資料給他：「我已經做了很多資料搜集和研究，是可行的。」

科學家看著那些資料，整個人也呆了。

「放心，你也知道我們家族很有錢，資金不是問題。」小朋友說：「只要你別要告訴我父親和他的兄弟就可以了。」

「但……」

「他是我的第一個實驗品。」小朋友把嬰兒交給了科學家：「他叫鍾允日，不，他叫……」

科學家看著那個睡得正甜的嬰兒。

「他叫……0001號。」

張宙樨笑說。

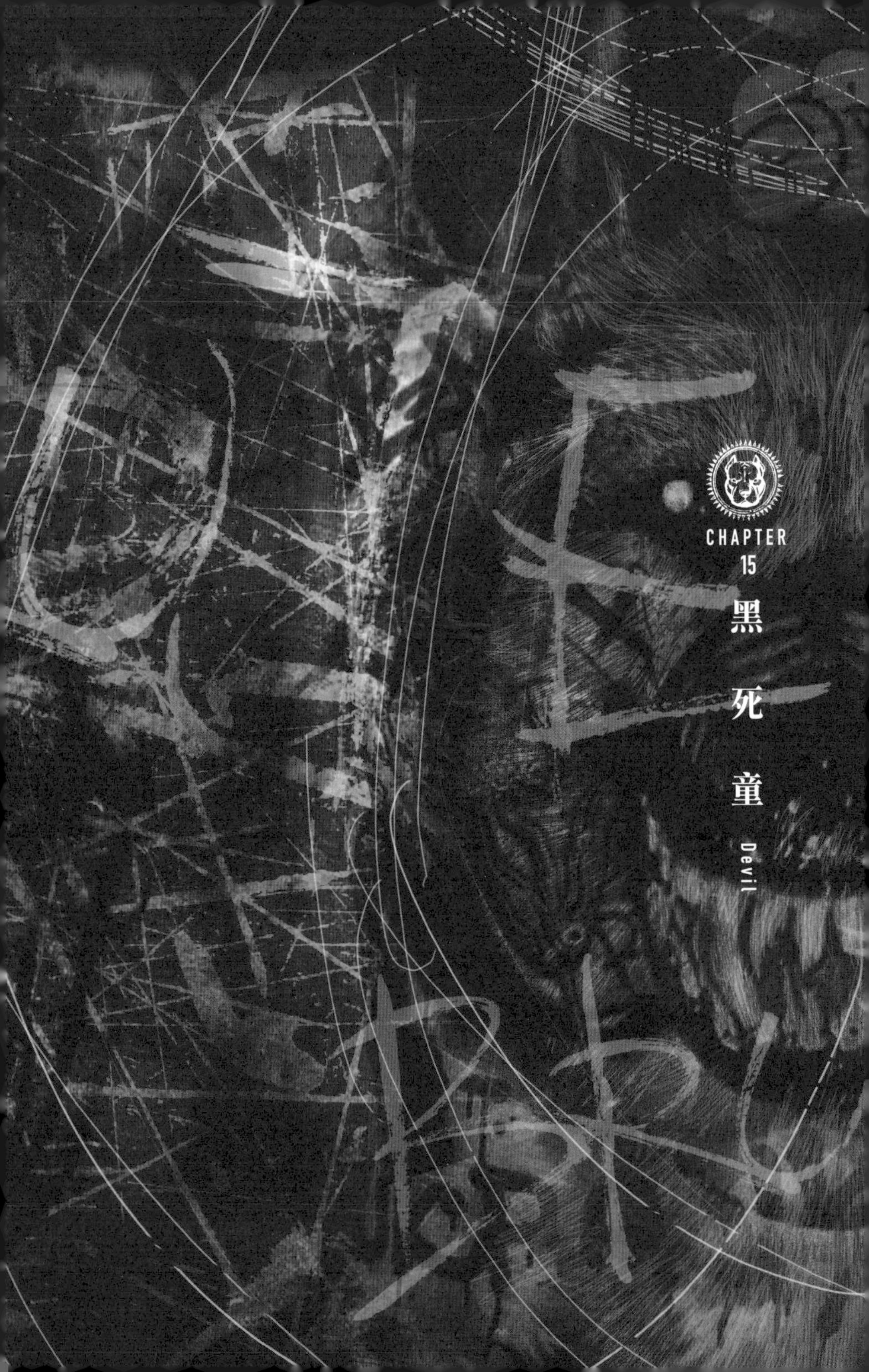
CHAPTER
15
黑死童
Devil

CHAPTER 15 黑死童 Devil

01

一星期後，Nothing企業。

今晚，下著大雨。

也不錯，正好是我反擊的日子。

這兩個多月來，是我人生中過得最漫長的日子，每天做著相同的工作，拆鞋帶、拆鞋帶、拆鞋帶，最可怕的，是我要一直扮作享受這白痴的工作，**Nothing Bless You**。

Nothing Fuxk You.

在這裡工作的第一個月，我找到了對外聯絡的方法，老實說，我想我是全企業最熟路的人，整個「冬甩」我也走過一趟，都多得這裡的保安就如無掩雞籠一樣。

無他，因為所有員工都聽聽話話，根本就不用去看管，讓他們的保安非常鬆懈。

冬甩的天台，是一個非常大的演講場地，每個月全體員工都會在這裡開早會，振奮Nothing企業的士氣。

在天台的洗手間最後一格，是唯一一個可以接收到電話的地方，只要我把手臂上的一個接收器放在這裡，我就可以在天台任何角落對外聯絡。

為什麼我知道？因為我可以感應到有網絡的位置。雖然我失去了人造眼球，不過，它的功能早前已經跟我的手臂同步了，人體可以感應到溫度、痛楚、風、陽光等，而我多一個「功能」，就是感應到「網絡」。

我在洗手間的尾格聯絡上金杰，把我失蹤的事通通告訴他們。

我真的很慶幸，在天騰島外，有這一個團隊，他們還改了個團隊名，叫……「畜生小組」，嘿。

他們幫我調查我手上的資料，伊隆麥依靠他的人脈找到了幾個極端國家及組織，都跟天騰島有聯絡，這不是很奇怪嗎？

就因為這樣，讓我更加肯定將「員工」變成「武器」的想法，絕對沒有錯。

天騰集團不只是想擁有一個「島」，它甚至是要征服整個世界。

如果沒估錯的話，這個可怕的想法，就是天騰集團的「最終計劃」。

天騰集團的元老張氏三兄弟已經全部死亡，因為他們三人的想法太舊了，留在天騰集團只會阻礙這個他媽的計劃。

現在只餘下張宙樨與金秀日。

我來這裡工作，還有夢飛，都是金秀日的安排，如果是這麼重要的「人類改造」計劃，他才不會讓我這個有威脅的人加入Nothing企業，他大可要我回去洗廁所。

他讓我在Nothing企業工作，只有一個合理的原因……

他是有意讓我調查Nothing企業。

他跟張宙樨的關係，看來，不會好到什麼地步，甚至是想對方……「死」。

Nothing企業是張宙樨的計劃，而金秀利用我去揭發他，當然，他相信我有這樣的能耐。

「弟啊。」我在天台看著下雨的天空：「看來你……沒有看錯你哥我。」

「鍾笙！」夢飛也來到了天台。

「是時候了。」我說。

她點頭。

她把雨傘給我，我們一起走到天台的演講台上。

CHAPTER 15 黑死童 Devil 02

「下著雨，兩個人一把雨傘，好像很浪漫呢。」夢飛說。

「但現在的氣氛不應該是浪漫吧。」我笑說。

「我們可以一分鐘後才開始？」她問。

「沒問題。」

我們兩人站在演講台上撐著雨傘，沒有說話。夢飛抱著我的手臂，呆呆地一起看著天空下著的雨。

這一分鐘，是我在Nothing企業中，最幸運的時間。

「好了，可以開始！」夢飛說。

我點點頭，然後深深地呼吸，按下手臂上的脈搏，同一時間，整個「冬甩」響起警報訊號！在我們前方的攝影機全部打開！

Nothing 企業的立體投射螢幕全部打開，無論是工場還是宿舍，都可以看到我跟夢飛在大螢幕上出現！

我想他們一定覺得很驚訝，因為我跟夢飛不遵守規則，出現在天台中！

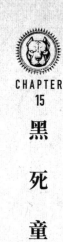

「對不起，吵醒大家。」我對著前方的攝影機說：「我是鍾笙月，她是甄夢飛，我們在30372695室工作。不過，我想大家也認識我們吧，因為最近發生的事，夢飛被四覺懲罰，我想大家也知道。」

我看了夢飛一眼，她點點頭。

「在Nothing企業工作的人，有的已經好幾年，有的可能是剛來。我相信剛來的人會覺得匪夷所思，為什麼大家會這麼遵守規矩，做著這些奇怪的工作而沒有怨言？不過，慢慢地，我想大約第三個星期，大家開始覺得做著這些重複的工作也沒問題，而且愈來愈投入，最後變得……**失去自我**。」

我開始說出「螺旋」(Spiral)化學物質的存在，它會因為人類不斷重複工作，慢慢地蠶食個人的想法和意志。

「我們開始被控制，沒有自己的思想，開始覺得每天重複地工作也沒問題，習慣了被控制、被灌輸Nothing Bless You的白痴想法。」我繼續說：「這只是他們計劃的第一步，然後，當我們完全被控制後，可怕的事將會發生。」

然後，我說出了「員工」將會變成「武器」，殺戮、搶奪，甚至是自毀也會變得理所當然，我們再沒有自己的想法，再沒有自由的意志。

「我們只是Nothing 企業的……實驗品！」

此時，天台的大門不斷被人拍打，職員要上來阻止我們繼續演說。

不過大門已經被反鎖，榮仔已經一早入侵了**Nothing**企業的系統，控制所有的出入口。

「希望大家清醒，別要再成為他們的實驗品！」我大聲地說：「無論是囚犯，還是窮困的人，或者，在社會中我們都會被人歧視和看不起；不過，我們還是可以擁有屬於自己的思想！『想法』是自由的，不需要別人強加於我們，我可以不滿意自己的工作、我可以不滿意某一個人、我可以不滿意某一個國家，這就是我們思想的自由！或者，我們不能改變這個社會，不過，至少我們可以擁有自己的想法！你可以愛上一個人，就算別人怎樣說，甚至會有什麼懲罰也好，你依然可以愛上他！因為，這就是你思想的自由，這就是……愛！」

或者，這番說話，跟正常的人說，也非常合適。

世界上，最寶貴的是「自由」，不需要你跟我說要「愛」什麼，而是我想「愛」什麼就「愛」什麼。

我掉下了雨傘，看著夢飛，我們一起被大雨打著，在我們的臉上，出現了滿足的笑容。

然後，我們兩人在大螢光幕前來了一場……

世紀的濕吻。

我想著大家看著直播呆住了的樣子，尤其是飯田里，嘿。

我撥著夢飛濕透的頭髮，在攝錄機前說。

「無論，世界變成如何……我也愛妳。」

CHAPTER 15

黑死童

Devil

03

「啪！」天台的大門被爆破而開。

十數個職員瘋了一樣奔向我們！

「現在我們怎麼了？」夢飛說：「會不會再被捉回去接受四覺懲罰？」

我看看手臂上的時間：「不會的，放心吧。」

職員愈來愈接近，他們全副武裝，不把我們捉到不罷休！

就在離我們十米左右的距離，他們停了下來！

不，應該是說被大風吹倒，沒法再前進！

我用力擁抱著夢飛，在我們的身後……出現了一艘**潛水艇**！

不，應該是由潛水艇變成的……**直升機**！

伊隆麥的直升機！

「對不起，我們要避開島上的追蹤系統，來遲了。」伊隆麥在通話系統說：「快上來吧！」

「你沒遲，剛剛好！」我說。

我跟夢飛走上了那架由潛水艇變成的直升機，金杰、孝奶、榮仔也在直升機內。

直升機快速離開Nothing企業的天台，我看著這所我工作了兩個月的「冬甩」，心中總是有一份失落的感覺。

其實我更希望可以救出全部被控制的員工，可惜我沒法這樣做。

「死仔！我們終於見面了！」金杰高興地說。

他們三人一起擁抱著我。

「鍾笙哥，你單眼也很靚仔！」榮仔說。

「要不要我也幫你弄成單眼？」我笑說。

「才不要！」

「夢飛，妳真人更漂亮呢。」孝奶看著她笑說：「怪不得多情的鍾笙都被你迷倒。」

「別要亂說話。」我給孝奶一個眼色，然後看著夢飛：「多情是從前的我，不是現在的我。」

「知道了，嘻。」夢飛笑得很可愛。

「我們終於真正見面了。」伊隆麥跟我握手：「入矢的兒子。」

「謝謝你的幫忙。」我說。

「才沒有，都是因為你自己。」伊隆麥笑說：「你父親打敗了一個美食集團，你甚至一個人打敗了整個天騰島。」

我沒有說話，只是點頭。

老實說，我覺得我自己不能跟父親比較，他的確是獨力打垮整個集團，而我只是因為這一班朋友，甚至是鍾入矢的朋友，才可以完成我的「計劃」。

對我來說，鍾入矢才是最厲害的人。

我爸爸是……最厲害的男人。

「你給我的資料已經整理好，會在兩小時後向傳媒及世界各國政府公開。」伊隆麥說：「他們的所作所為將會被審判及懲罰，世界上，再不會有天騰島。」

我點頭。

「機師，我們回去吧。」伊隆麥說。

機師給他一個OK的手勢。

「等等。」我說。

「還有什麼事？」他問。

「我還有一件事要解決。」我認真地看著他們。

「什麼事?」金杰問。

「我的……弟弟。」我說:「我要去找他,還有那個張宙樺,我還有一個最重要的問題未知道答案。」

「不,你去找他們會很危險!」夢飛擔心著。

「沒事的,更危險的事我也做過了,不是嗎?」我拍拍她的頭。

他們最清楚我的性格,他們都知道怎樣也不能阻止我。

「你要去哪裡?」金杰問。

「天騰集團大廈!」

我看著遠處高聳入雲的大廈,這就是我要去的最、後、一、站!

CHAPTER 15

黑死童

Devil

04

直升機在天騰集團大廈天台的停機坪降落。

「你們別要在這裡等我，找個安全的地方。」我說。

「拿著，我希望你不會用到。」伊隆麥把一把手槍給我。

「但願如此。」我拿過了手槍：「如果我給你們訊號，別猶豫，立即把資料送出。」

「沒問題。」金杰拍拍我的肩膊：「你別要給我訊號！」

因為我給他訊號，就代表我有危險。

我點頭。

「你要小心。」夢飛擁著我。

「放心吧，我覺得金秀是站在我這邊的。」我笑說：「他會幫助我。」

夢飛點頭。

然後，我轉身離開。

我手上不只有那些吃人類內臟的名人名單，還有Nothing企業非法控制員工的資料，如果他們要對付我，金杰會立即把資料送出去。

我相信，他才不會這麼傻，為了殺我一個人而把十多年的計劃破壞。

還有什麼原因，我要來到天騰集團大廈？

因為我要找出「真相」。

我父母死去的真相。

張岸守不是已經告訴我了嗎？

不，我思考了很久，我不相信三歲的我，會在漫畫店縱火。不是我覺得一個三歲的小孩不會用打火機之類的原因，而是我覺得……

我不會是這樣的一個人。

的確，長大後的我為了目的會不擇手段，但都是因為我在生命中遇過太多壞人，才會讓我變成一個這樣的人。

而小時候的我，沒遇上太多的壞人，我的世界只有寵愛我的父母，我根本不可能會是這樣的「畜生」。

我有一對充滿正義感又善良的父母，**我才不會是這樣的一個人**。

不會是。

所以我決定來到天騰集團大廈，直接問清楚真相。

張岸守不是已經死了嗎？我還可以問誰？

還有一個人。

張岸守曾說過，經常帶自己的兒子到二手漫畫店買漫畫，那就是當時只有八歲的張宙樨。

我心中總是覺得，也許他知道一些沒有人知道的「真相」。

當然，只要我用手上的資料威脅他，就算他真的不知道，我也不會有危險。

我從天台走向頂層，奇怪地，完全沒有人來阻止我，我準備從後門下去，終於有人出現！

「鍾先生，請跟我來，張生正在等你。」一個看似秘書的女人說。

在等我？

其實有一架直升機降落在天台，他不會不知道吧？也許他已經知道我的到來。

她帶我走進一架升降機，升降機的按鈕只有頂層與地庫。

我進入了升降機，很快已經來到了地庫，我握著衣袋內的手槍……希望不會用到。

升降機門打開。

「這……」

一排排書櫃，就像圖書館一樣，放滿了……漫畫書！數量有多少？我想至少有十萬本以上。

這個年代已經沒有紙版的漫畫書，全都是電子版，這裡的藏書，可以說是價值連城！

我走到其中一個漫畫書櫃，《ONE PIECE》、《火影忍者》、《Bleach》、《鬼滅之刃》、《龍珠》，還有，還在連載的《Hunter x Hunter》，而且有不同的翻譯版本！

我嗅到漫畫書的味道，好像……某些回憶回來了。

「是不是……很懷念？」

突然在我背後出現一把聲音，我回身舉起了手槍！

「喂喂喂，別要這樣用槍指著我呢。」他舉起了雙手笑說：「我們這麼久沒見面了。」

這麼久沒見面？

我看著他頭上的FPV，他已經繼承了張岸守的遺產，他的數字是……$2,389,320,292,092。

二萬三千八百九十億！

是我人生中，看過最高的數目！比張岸守多出三倍！也許，全世界只有RRM劏房集團的*窮三世比他多！

「你說這麼久沒見面，是什麼意思？」我問。

「你先放下手槍吧。」他坐在書櫃前的沙發上，然後倒出紅酒：「你來找我，不就是想我告訴你真相？」

他已經知道我的來意，我把手槍慢慢地放下。

「不過，你破壞了Nothing企業的生意，這筆帳我會慢慢跟你算。」張宙榍完全沒有驚慌，好像已經想好了對策。

「你知道我父母真正的死因？」我問。

「當然知道，而且全世界最清楚的人是我，而不是我那個沒用的父親。」張宙榍說。

「快跟我說出真相！」

「先坐下來吧。」他把酒杯推向我：「這是一個很長的故事呢。」

我坐在沙發上，手槍握在手中。這個擁有二萬多億身家的男人，絕對不會是一個簡單的人。就像我一樣，我來這裡前早有準備，而他願意見我，一定已經準備好。

「首先，我要跟你說，張岸守的確有調查過你父母的事，不過他跟你說的不是全部真相。」張宙榍說：「因為，他要保護一個人。」

「你說的那個人……是你？」我問。

「對。」張宙榍露出一個好險的笑容：「白痴的張岸守，為了我，編出一個連自己也騙到的故事。」

「什麼意思？」

「他說是你間接害死鍾入矢和金允貞，對吧？」張宙樨說：「看來你是有懷疑，才會來找我吧。」

我思考著他的說話。

他站了起來，走到一個書櫃前拿起一本漫畫：「我從小已經很喜歡看漫畫，而我最喜歡的都是反派角色，比如《龍珠》中的菲利、《Bleach》的藍染、《Hunter x Hunter》的畢索加、《死亡筆記》的夜神月，不過，他們都沒有好下場，總是比男主角打敗；永遠出場時是最強，最後卻總是被那些中二病的主角打敗。」

我不太清楚他說的角色，因為我不喜歡看漫畫。

「世界真的不公平呢？為什麼擁有不同價值觀的壞人要被打敗，甚至要被消滅殺死？」張宙樨走到我身邊：「為什麼《復仇者聯盟》的英雄都值得大家愛戴？像魁隆這些大反派，除了外表被醜化，還要死得這麼慘？」

「因為，人類需要英雄。」我說：「還需要虛假的希望與虛偽的人物。」

「鍾笙月，我愈來愈喜歡你了，你的想法跟我完全一樣，如果我們不是敵人，會是很好的朋友。」

張宙樨高興地說：「就因為我喜歡壞角色的原因，我開始想成為最壞最壞的角色，然後把所有虛偽的主角打倒。也許，這就是你父親說我的『人渣指數』高達一百二十分的原因。」

他把一個火機掉在我面前，上面印著數字「**120**」。

「我父親……跟你說？」

「昱仔，你真的完全忘記了嗎？」他走到我背後，在我耳邊說：「你現在身處在漫畫書的包圍之中，有沒有讓你勾起什麼回憶？」

昱仔？

好像……曾經有人這樣叫我。

那個人的名字，好像……

好像叫……

「黑死童」。

……

…

．

二十年前。

停留二手漫畫店的商場走廊。

「昱仔，你最喜歡哪個漫畫角色？」八歲的他問。

「我喜歡……喜歡櫻桃小丸子！媽媽說，要看《櫻桃小丸子》！」三歲的他說：「哥哥你呢？」

「我最喜歡《鬼滅之刃》的上弦壹黑死牟。」他說：「你現在可以叫我……黑死童。」

「宙樨，差不多了，我們要走了。」張岸守在遠處叫著。

「昱仔我先走了，我會回來的，別忘記我叫……」張宙樨說：「黑死童！」

＊第三世，《劏房》角色，詳情請欣賞孤泣另一作品《劏房》。

CHAPTER 15 黑死童 Devil

06

「人之初，性本善」。

兒童是世界上最「善良」的生物，我們要好好保護他們。

才不是。

善良個屁。

如果相信「人之初，性本善」，就代表了，一定也有「人之初，性本惡」的人存在。

有人天生就是邪惡的嗎？

的確存在這樣的人。

有些孩子，最擅長博同情和憐憫，裝出可憐的樣子來欺騙大人。

「他用力打我。」

「那個叔叔摸我。」

小朋友只需要用一句說話，就可以把一個成年人置諸死地，儘管，那個人什麼也沒有做過。

這些「惡魔」小孩，甚至懂得煽動其他人，做出可怕的事。

……

……

那年的暑假。

張宙樨經常來二手漫畫店看漫畫，而且經常跟鍾允昱一起玩。

「昱仔，你有沒有想過，把你弟弟放入焗爐？」張宙樨問。

「為什麼要放入焗爐？」允昱問。

「因為會很香，幾分鐘時間，把他變成最香的食物。」張宙樨的樣子非常恐怖。

「弟弟可以吃的嗎？」允昱問。

「當然可以，你沒看《龍珠》嗎？斯路吃了人造人16號後，變成最強的人了。」張宙樨說：「你想不想變強？」

「想！我要怎樣做才可以吃了弟弟？」

「我來教你，趁你爸媽不在時，把嬰兒車推到焗爐旁邊……」

張宙樨在教唆鍾允昱如何把允日放入焗爐。

那天晚上，允昱跟著張宙樨的說法去做，還好當時鍾入矢和金允貞及早發現，不然就鑄成大錯。

……

…

．

某天張宙樨又來看免費漫畫。

他看著允日沒有變成「食物」，非常失望。

「宙樨，記得要好好愛惜漫畫，也許未來再不會有紙本漫畫了。」鍾入矢微笑說。

「我知道。」張宙樨笑說。

「乖！」鍾入矢用奇怪的眼神看著他：「真的很奇怪，你怎可能擁有一百二十分？會不會是你父親高分，讓你也變得高分？可能有什麼出錯了，真奇怪。」

當時鍾入矢根本就不知道，不是張岸守讓張宙樨變得高分，是剛剛相反，因為張岸守夫婦生下了一頭真正的人渣、賤種、畜生、禽獸，才會有一百零一分。

而這頭「怪物」，「人渣指數」就有一百二十分。

張宙樨看著鍾入矢、金允貞，還有他兩個兒子，在漫畫店中生活得很快樂很幸福，他心中出現了一份妒忌的感覺……

非常的妒忌。

他的腦海中出現了一個「想法」。

「一把火把他們燒死！燒死！」

某天，他開始教允昱使用打火機。

「昱仔，你想不想像《**FAIRY TAIL**魔導少年》的納茲一樣，成為火之滅龍魔導士？」張宙樨問。

「我想！我想！要怎樣做？」

「很簡單，只要用它。」張宙樨給他一個打火機：「燒掉那些漫畫書，就可以了。」

允昱拿著打火機點起了火。

「看！你是火之滅龍魔導士！」

允昱高興地笑著。

直至某一天，悲劇終於發生。

允昱燒著了二手漫畫店後倉的漫畫，他非常驚慌逃離了漫畫店！

大火一發不可收拾，火勢很快蔓延到全漫畫店！

當時的鍾入矢和金允貞逃離了漫畫店。

「允昱呢？」金允貞非常驚慌。

「會不會在走廊玩？」鍾入矢立即走到走廊。

他見到了張宙樨，立即問：「有沒有見過允昱？」

「我跟他玩捉迷藏，他可能躲在漫畫店的貨倉！」張宙樨扮成非常緊張：「貨倉有個地方，只有矮小的允昱才可以躲進去！」

鍾入矢二話不說，立即跑回漫畫店！

黑死童 Devil 07

「允昱在漫畫店貨倉！我入去救他！」鍾入矢回到漫畫店前說。

「不！我跟你一起去！」金允貞說。

因為漫畫店在幾年前擴充了，貨倉變得非常大，兩個人會更容易找到允昱。

最初鍾入矢不讓金允貞走入火場，不過最後金允貞堅持，他們一起回到漫畫店的貨倉！

張宙樨看到這一幕，更加更加更加的生氣與妒忌！

他們為什麼要這麼愛允昱？不只是擁有最好看的漫畫書，還有這麼幸福的家庭？

當時張宙樨的家庭不幸福嗎？才不是，他生活無休，而且住的都是高尚住宅，他一直也很幸福。

不過，這樣……**才最可怕。**

張宙樨從小被虐待？生活很窮困？沒有人愛他？

才不是。

他一直生活得很好，只是他不會理會自己有多幸運與幸福，他只是想……

摧毀別人的幸福！

這才是……真正的「惡魔」。

他走進大火的漫畫店，然後把大堆漫畫、書架推倒，阻塞貨倉的出入口！

鍾入矢聽到傾倒的聲音，立即走到門前，他用力想推開大堆漫畫與書架，可惜，已經太遲，門口被完全封死！

他在縫隙中看到了張宙樨！

「咳咳！宙樨！你快逃走，快去叫人來救我們！」鍾入矢在大叫。

張宙樨沒有說話，只是呆呆地看著他。

「宙樨，你聽到嗎？」

張宙樨的臉上……露出一個惡魔般的笑容。

鍾入矢的人生中，最後一次看到這可怕的笑容。

他看著「120」這個數字……

或者，當時他終於明白，為什麼張宙樨的人渣指數會……這麼高分！

……

…

.

五分鐘後。

張宙樨走到商場的走廊，打開了放著消防喉的紅色門。

鍾允昱一直躲在裡面！

「昱仔，沒事的，不要怕。」張宙樨微笑拍拍他的頭：「黑死童哥哥會保護你，沒事的。」

允昱已經嚇得不懂說話，他只是看著眼前的張宙樨。

看著這個叫……黑死童的哥哥。

「你父母會死去，不過別傷心，因為很多漫畫的主角都有一個不幸的童年。」張宙樨拍拍允昱的頭。

當時的年紀，允昱根本不明白他在說什麼。

「不知道你長大後，會不會找我這個殺死你父母的仇人報仇呢？」張宙樨的笑容非常恐怖：「你是正義的一方，我是邪惡的一方，我等待這一場像漫畫一樣的……**正邪大戰。」**

允昱整個人也呆著，完全聽不懂張宙樨說什麼。

同一時間，「一個人」……

正在不遠處看著他們。

天騰集團地庫。

鍾笙再次舉起了手槍指著張宙樨！

「原來是你！」鍾笙非常憤怒：「是你唆擺我！利用我！」

「明明是你說想成為漫畫中的英雄，不是嗎？」張宙樨沒有半點驚慌。

「你是不是瘋了？我當年只有三歲！」

「邪惡是不分年齡的。」

「不……如果我父母沒有死去，我不會變成現在這樣！」鍾笙咬牙切齒地說。

「你怎知道？或者你會變得更壞、更畜生也不定呢。」張宙樨說：「昱仔，你已經長大成人了，別要像三歲小孩一樣吧。」

「你、去、死！」鍾笙說。

「開槍。」張宙樨說。

對於鍾笙來說，激將法是沒有用的，他根本就不怕殺人，他開槍！

「啪！」

鍾笙的手槍被打落！

先開槍的人不是鍾笙，而是……金秀日！

「哥……對不起。」金秀用槍指著鍾笙。

「為什麼？」鍾笙大聲說：「是他害死我們的父母！」

「不，我……」金秀用力搖頭：「我……我控制不了……」

「什麼？」

「哈哈哈！看來我這個大哥，比你這個哥哥更得金秀的喜愛呢。」張宙樨高興地說：「鍾笙，你知道嗎？我不只是利用你，你的好弟弟才是我……**長期的實驗品！」**

CHAPTER 15

黑死童

Devil

08

鍾入矢和金允貞死後的一個月。

「我想收養鍾入矢的兩個孩子。」張宙樨的媽媽說。

「但他們的大兒子好像有精神問題。」張岸守說：「我會再考慮一下。」

當時的張岸守，大概已經知道自己兒子的問題，不過，身為父親的他，沒有阻止。

「宙樨，你覺得呢？」媽媽問。

「好！收養他們吧，我也想有兩個弟弟跟我玩！」

這當然不是他的真心話，他討厭跟其他人分享玩具，甚至是分享所有東西！

當時，他看著滿心歡喜的母親，他非常憎恨她！

他想即時就把她殺死！

直至某天，他們終於把鍾允日接回來時，媽媽的快樂笑容，讓張宙樨已經沒法忍受。一個月後，

他把母親……

從天台推下去！

母親在臨死前的一刻也不會相信，一直聽教聽話的兒子，會把她殺死！

當時，張宙樨隨手已經可以把鍾允日殺死，不過，他覺得這個弟弟會是一件很好玩的「玩具」，他決定把他留下來。

兩年後。

因為鍾允昱入住了兒童精神病院，這兩年他再也沒有接觸過張宙樨，才得以變回了一個正常的小孩。而孤兒院也為他改了一個新的名字「鍾笙月」，希望他會有一個新的開始。

允昱去了精神病院和孤兒院後，張宙樨再沒有找他？

對，真的沒有，因為張宙樨忙著「玩」另一個目標，鍾允昱的弟弟……鍾允日。

讀書名列前茅的張宙樨，他甚至是一位天才，在這兩年他看過很多有關化學與生物學的書籍，對這方面非常有興趣。

當時，他已經想到利用人體做實驗，他帶著只有兩歲的允日來到剛成立不久天騰集團的科研中心，他要利用允日成為他的第一個「實驗品」。

「放心，你也知道我們家族很有錢，資金不是問題。」張宙樨說：「只要你別要告訴我父親和他的兄弟就可以了。」

「但……」

「他是我第一個實驗品。」小朋友把嬰兒交給了科學家：「他叫鍾允日，不，他叫……」

科學家看著那個睡得正甜的嬰兒。

「他叫……0001號。」張宙樨說。

當年的「螺旋」(Spiral)化學物質還未完全被掌握，所以只能在允日的身體上少量使用。

張宙樨，不只是要一個沒有思考的「怪物」，他想「製造」可以被控制而有思考的「人類」，這項實驗，他稱之為……思考模組(Brain Module)計劃。

用了一年時間，當年只有三歲的允日，竟然沒有出現副作用，而其他的0002、0003、0004號……等等，都已經相繼全部死去。

張宙樨決定了，開始在允日身上做更進取的實驗。

「我要0001號喜歡殺人。」

當時的科學家當然是拒絕，不過，因為收到巨額的報酬和經費，最後科學家也是向錢低頭。

年紀小小的張宙樨，已經早早知道世界的規則、人類的貪婪。

金秀日嗜血的性格、禽獸的性格，就連他自己也控制不了，都只因已經被改變了他的……思考模組。

天騰集團地庫。

張宙樨說出了全部的事實，鍾笙與金秀兩個人，也不敢相信，一直都是張宙樨的計劃！

他才是……**真正的畜生禽獸！**

「本來，我是想用多十年時間去研究思考模組，不過，真的估不到鍾笙你竟然為了父母的事來到了島上。也沒辦法了，本來十年後才讓你們兩兄弟互相殘殺，現在，提早了十年！哈哈哈哈！」

他的笑聲，傳遍了整個地庫。

CHAPTER 15 黑死童 Devil 09

張宙榫是如何控制金秀？是聲線頻率。

現在他已經沒法控制自我，只要張宙榫說殺死鍾笙，金秀就會出手！

「金秀！別要這樣！不要聽他的命令！他才是殺死我們父母的人！」鍾笙說。

「對呀，我才是玩弄你們一家的禽獸，來吧，殺了我！」張宙榫說。

他們三人的位置形成了一個三角形，金秀的槍指向了張宙榫，然後，又回到鍾笙的方向。

槍沒法對著張宙榫！

「你們別要吵！」金秀的眼白出現了大量血絲：「別吵！」

「張宙榫！你叫金秀殺了我，你所有的罪狀也會被公開！」鍾笙看著他說。

「你還以為我會怕你的威脅嗎？」張宙榫坐回沙發上，喝了一口紅酒：「就算最後整個天騰島也被『毀滅』，**Nothing**企業被強制終止，所有的罪名都不是我，而是我的好弟弟。」

張宙樨已經做好了最壞的打算，把所有罪名都推給金秀，或者，他會失去一半的資產，不過，他餘下的一半身家，絕對可以重新開始整個項目。

他已經一早跟一個名為*「上帝之源」的世界性地下組織聯絡，到時張宙樨改名換姓，從新開始他的Nothing企業計劃！

「當然，鍾笙，如果你沒有出現，我不用這麼麻煩就是了！不過，我知道不會這麼順利，一定會有人走出來妨礙我的計劃，所以我已經一早準備好，嘰嘰！」

他按下手臂，出現了立體的畫面。

所有有關Nothing企業的登記人，都是……金秀日！而且他是0001號，證明了他就是整個改造計劃的始創人！

當然，金秀已經被張宙樨控制，他會承認所有的罪名！

「至於你手上那個有錢人名單。」張宙樨說：「只有張賓賓才怕被公開，我根本就不怕，吃人內臟、看畸形人應該要得到報應，不是嗎？我應該要多謝你才對，把他們全部公開吧！」

鍾笙的汗水流下，他沒想到，明明手上有那些資料佔盡上風，現在反被將軍！

他終於知道了父母死亡的真正真相，不過他卻沒想到知道真相之後，要死在自己的親弟弟手上！

「在這個世界，錢就是一切，我想怎樣就怎樣，我想買什麼就買什麼，你不是不知道吧？」張宙樨說：「最後，你兩兄弟加起來也沒法打敗我，畜生與禽獸最後也要敗在我的手上，哈哈哈！」

他的笑聲，包含了二十多年來的侮辱，鍾笙和金秀一直也被利用的侮辱！

「動手吧，我的好弟弟。」張宙樨說。

「不……不要！」鍾笙看著金秀不斷搖頭。

「呀！！！」金秀沒法控制自己。

「砰！砰！砰！砰！」

他開槍！

他向天開槍！

然後……他用槍指著自己的太陽穴！金秀的眼睛、嘴巴、鼻孔、耳朵流出了血水！

兩個哥哥也完全沒想到金秀會這樣做！

還記得嗎？那個在實驗室被吩咐傷害貓的男人，最後因為被「思考模組」的指令影響，傷害了自己！

現在的金秀，強行改變「思考模組」的指令！張宙樨要他殺死鍾笙，就會變成殺、死、自、己！

「怎可能……」張宙樨完全沒想到會變成這樣：「不可能的！不可能跟『思考模組』對抗！」

金秀一直以來的憤怒、抑壓、痛苦、報仇之心，把沒可能的事，變成了可能！

「哥！」金秀大叫。

他是在叫張宙樨？還是鍾笙月？

鍾笙好像明白金秀的說話，他立即拾回地上的手槍！

＊上帝之源，詳情請欣賞孤泣另一作品《APPER人性遊戲》系列。

CHAPTER 15 黑死童 Devil 10

鍾笙拾起手槍，指著張宙樨！

本想逃走的張宙樨停了下來！場面再次膠著！

「哥……是我殺了你兩個室友。」金秀微笑說：「現在我把他們的命還你！」

「不！不要！」

「幫我跟高姨說聲再見。」金秀的眼淚流下：「最後想跟你說，爸爸媽媽是最愛我們的人，他們是世界上……**最好的父母。**」

金秀說完後，向著自己的太陽穴開槍！

鍾笙看著他倒地！他還有很多事要問金秀！他還未真正擁抱過自己的親生弟弟！

「人渣！！！」他流下了眼淚看著張宙樨。

鍾笙像失控一樣向著張宙樨開槍，張宙樨及時躲在沙發後！

「嘰嘰嘰嘰……看來我的實驗品還未夠完美呢。」張宙樨在笑。

金秀這個弟弟，對於張宙樨來說，只不過是跟他同住的實驗品；反而，那個從來沒見過面的哥哥鍾笙，這一刻，鍾笙把金秀視為親人。

鍾笙衝向張宙樨，突然停了下來！因為他聽到耳朵的裝置發出聲音！

「你忘記了嗎？你還是天騰島的囚犯！」張宙樨按下手臂：「再見了，鍾笙月！」

電擊即將發生在鍾笙的身上！

「你……真的當我是白痴嗎？」

鍾笙跨過沙發，手槍抵在張宙樨的頭上！他沒有被電擊！

鍾笙知道耳朵裝置會是他致命的弱點，他一早已經移除了 GPS 定位功能，還叫榮仔幫忙修改它的電擊懲罰程式！

「怎……怎會？！」張宙樨非常意外。

「砰！」

第一槍，鍾笙沒有立即打死張宙樨，他打在張宙樨的大腿上！

張宙樨痛苦地向後爬，地上流下了他的血跡！

「砰！」

第二槍，打在他的另一大腿上，張宙樨的求生意非常強，他立即轉身，用手代腳繼續向前爬！

「砰！」

第三槍，打在他的手臂上，張宙樨繼續用單手向前爬！他的腦海中，只出現逃走、逃走、逃走的想法！

鍾笙走到他的面前，蹲了下來看著他，張宙樨沒法繼續爬！

「這三槍是我代鍾入矢、金允貞、金秀日送給你的。」鍾笙流著淚說：「代我的親人還給你的！」

「放……過我……求求你……放過我……」

「不是你小時候說的嗎？正邪大戰！我是正義的一方，而你是邪惡的一方！」鍾笙搖搖頭：「錯了錯了，我也是邪惡的一方，**邪惡的魔鬼殺死邪惡的惡魔！**」

「放過我……我把我擁有的錢分一半給你！至少，有一萬億以上！夠你用一百世也用不完！」張宙樨痛苦地說。

「你剛才不是這樣說嗎？在這個世界，錢就是一切，想怎樣就怎樣，想買什麼就買什麼？」鍾笙的樣子變得像魔鬼一般。

手槍已經壓在張宙樨的眉心！

「不過，錢還是有樣東西買不到，而這樣東西你不會有，一直不會有、永遠不會有！」鍾笙說：

「這東西，叫做……」

「砰！」

鍾笙說出兩個字同時，向著張宙樨的眉心開槍！

「黑死童嗎？去你的永別了。」

他頭上的兩億萬資產，變成了……0。

張宙樨睜大了眼睛倒臥在自己的血泊中，他在臨死的最後半秒，才發現鍾笙說的「東西」，他……真的沒法買到。一個在世界上擁有兩萬億身家的人，也沒法買到他所說的「東西」，而且這「東西」，他……從、來、也、沒、有。

鍾笙沒有再理會張宙樨，他走向了金秀！

同一時間，升降機的門打開！

天騰集團的黑衣人收到了警報，來到地庫！

帶頭的黑衣人，快速看過地庫的情況，用手槍指著鍾笙！

「放下手槍！」他大叫。

鍾笙當然不會這樣做，他同時也用手槍指著他！

他看著這個戴上太陽眼鏡的黑衣人，好像在哪裡見過他……

黑衣人先放下手槍。

「你先回到頂樓，金秀日的辦公室有逃生用的升降機，你可以去到天台。」黑衣人把地點發給了他：「其他事交給我。」

鍾笙呆了一樣看著他。

這個黑衣人是大黑，曾經是張賓實的保鑣，然後被金秀高薪拉攏過來，成為了他的人。金秀被控制之前，已經吩咐了他，如果遇上鍾笙，別要對付他，要幫助他。

鍾笙看著躺在地上的金秀。

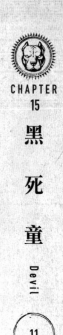

「你快逃，金秀不是所有人都買通，還是會有張宙樨的手下。」大黑說：「其他事我會處理，你走吧。」

其他的黑衣人把鍾笙拉進了升降機，鍾笙回頭看著地上的金秀。

「再見了，我的弟弟，鍾允日。」

升降機的門關上，很快已經回到了頂樓，鍾笙的通話再次能接上。

「鍾笙，怎樣了？剛才為什麼收不到電話？」金杰緊張地問。

「完結了。」他說。

「什麼意思？」金杰說：「快到天騰集團的天台，我們來接你！」

「好。」

鍾笙從金秀辦公室的升降機來到了天台，等待金杰他們到來。

全島最高的建築物，三百二十層的天騰集團大廈，他俯瞰下方的夜景，微風打在他的臉上。

一個分成不同階級的世界，充滿著不公平與貧富懸殊的社會。

他知道，就算天騰島將要毀滅也好，世界上的貧富懸殊也不會消失，人類，還是會把每個人分成不同的等級，有錢人還是會為了自己的利益去剝奪窮人的所有。

他沒法改變整個世界，不過，他卻……改變了自己。

他遇上的人，多明、永超、企叔、麻子、彩英、夢飛，還有他的父母等等，讓他對世界與金錢的想法有所改變。

「世界上有太多仆街，多到你以為世界上根本沒有好人存在。」

而這句的下一句，就是……

「只是你不相信有好人，其實……好人一直也存在。」

此時，他身後升起了一台直升機。

「鍾笙！」

機艙門打開，他看到了大家的臉上出現愉快的笑容。

鍾笙也笑了。

或者，他們不可能全部都是「好人」，不過，又如何？

人類根本就不能完全分類，好人？壞人？每個人都有自己的主觀想法，根本就不能完美地定義。

這就是自由思考的重要，什麼「優質人」計劃，什麼「再教育」計劃，都不能剝奪人類的自由意志。

夢飛伸出了手，鍾笙牽著她的手，登上直升機。

他終於離開這個天騰島。

離開這個人類社會的縮影。

鍾笙再次俯瞰天騰島，一個腐敗、恐怖、自私自利的島，他想起在島上遇過的人。

沒錯，就算天騰島有多可怕，但依然存在……**善良的人。**

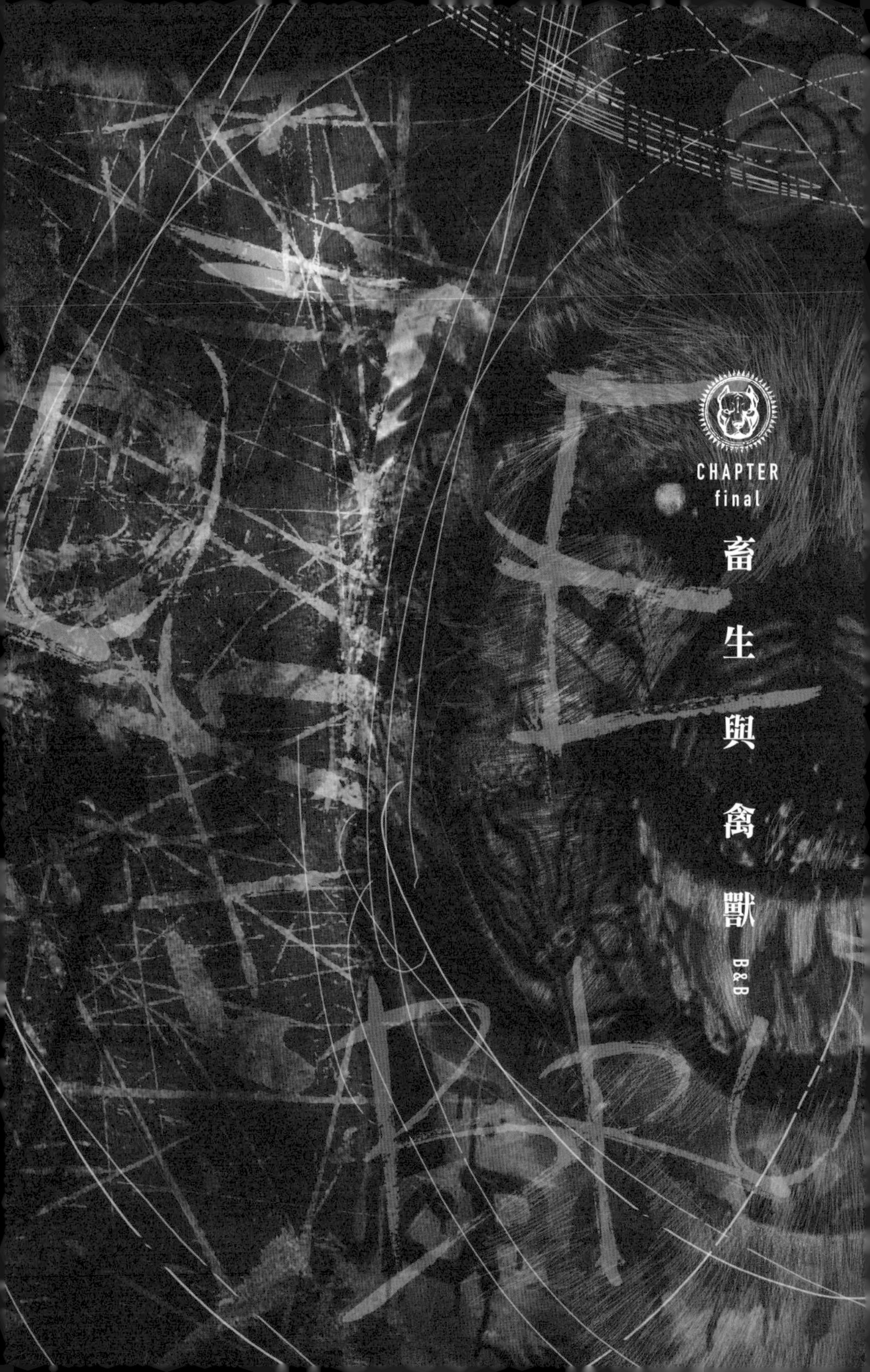

CHAPTER final
畜生與禽獸
B&B

CHAPTER final 畜生與禽獸 B&B 01

半年後。

早上，我在家中喝著咖啡。

半年前有關天騰島的事，成為全世界的焦點，所有人權組織、世界各國政府強烈譴責天騰島的計劃，天騰島將會在一年之內完全關閉。

而金秀的律師也幫助我，我不再是囚犯，只要把騙回來的錢交還就可以。

錢我可以全數還給周三妹，不過，感情就沒辦法了，嘿。

還要服刑的囚犯，將會回到正常的監獄服刑，什麼「文明社會，重新做人」的白痴口號，已經不再存在。在天騰島貧民窟居住的人，將會安排到新的地方，世界各地政府也非常樂意接收島上的居民，就如接收戰爭中的難民一樣。

當然，大部份的國家多多少少都是基於政治因素，他們可以向國民說明自己是一個大愛包容的國家，才會願意接收天騰島的居民。不過無論他們是什麼原因也罷，怎也好過住在天騰島的貧民窟。

除了國家，RRM集團也會接收天騰島的居民，他們的海底城市計劃，可以讓更多窮人入住，老實說，我覺得他們比任何一個國家更值得信任。

至於天騰區的富人，因為張氏天騰集團的事，他們全部都被調查，有些甚至被凍結資產。看來他們不能再享受高人一等的待遇，要感受一下窮困生活的艱苦。

不只是天騰區的有錢人，那份「名單」也被我們公開，那些跟天騰島有可怕勾當的有權有勢富人，也成為了調查的對象。

「應得的。」我心中是這樣想。

另外毒品市場也被嚴重打擊，毒品的價格飆升。如果這樣就可以令更少人吸毒有多好呢，可惜，只要有人類，「毒品」永遠也不會消失。

至於Nothing企業與天騰集團的科研中心已經完全停止運作，以美國史丹福大學與英國劍橋大學為首的全球前五十間大學聯合起來，對「優質人」計劃、思考模組等等科研範疇進行深入的「學術性」研究；同時，各國也禁止運用其技術作任何「商業性」發展。

在Nothing企業的員工將會接受為期兩年的「反洗腦」治療，希望他們真的可以取回屬於自己的思想。

天騰集團涉案的高層與元老大部份都已經死去，其他有關人等不是被調查，就是已經潛逃，「天騰集團」這個名字，除了在股票市場被除名之外，也許，將會永遠地成為歷史。

那麼大量的資產會去到哪裡？如何分配？我已經不再關心，因為已經不關我事了。

「鍾筌，這麼早起來了？」穿著睡衣的夢飛，從後擁抱著我。

「對，有些事要做。」

夢飛已經跟我一起生活，別以為她還是遊手好閒，她利用自己承繼的遺產開辦了一個「基金會」，幫助世界上有需要的人。現在她比我更忙，因為她想親自管理，不讓其他人從中得益，她一定要把所有的錢全都用作幫助窮人的用途上。

從前我一定覺得她很傻，不過，現在我已經改變了。

「讓我看看。」

夢飛走到我的臉前。

「怎麼你好像比以前變得更靚仔？嘻！」她笑說：「今天的眼睛有沒有出問題？」

「很好，而且已經不用經常滴眼藥水了。」我說。

我的左眼，已經安裝上新的人造眼球。

我把顧修明的研究，賣給了全球最大的一間科技公司，然後他們把我的手臂與眼球修理及重新安裝，當然，還有我斷了的尾指。

現在的科技比當年進步，人造眼球比當年的更合適，至少我已經不需要經常滴眼藥水。

當然，他們幫我安裝時，有用麻醉，嘿。

科技受權合約中已經列明，不能用不人道的方法研究，也不能用其他動物進行研究。還有，當有關科技產品研發成功，其中**20%**收入要用作幫助窮人的用途，而且要為窮人免費更換人造義肢。

「鍾笙你看！」夢飛把螢光幕放大：「麻子那一幅畫《囚犯》，以五百萬成交了！」

我看著面前的油畫。

是一個穿上黃色囚犯服的囚犯，他沒有左眼，而右手是一隻機械手臂，背景是一間學校。他的手上，正拿著一把地拖。

嘿，很明顯這幅畫中的「男人」是我吧。

油畫的注釋中寫著——**對著生病的人，我們只需要給他一個深深的擁抱。**

是她媽媽的說話。

「我應該要收回版權費。」我說。

「你就想了，拍賣的收入，全都捐到我旗下的基金會了，哈！」夢飛說：「你要申請才可以得到資助，不過，看來你不是太合資格呢。」

我給她一個無奈的表情。

麻子已經正式入讀佛羅倫薩美術學院，而彩英決定再進修美術教育，她希望可以成為一位優秀的美術老師。

其實她在我心中，已經是一位很優秀的老師了，當時她沒有放棄麻子，一直也幫助她。

「對，永超與企叔的家人已經收到錢了嗎？」我問。

「已經交到他們的手上了，他們還很感激你。」夢飛說：「企叔的兒子哭著跟我說，他很後悔自己所做的事。其實他做了什麼事？」

「沒什麼。」我笑說：「就是父子之間的事而已。」

我早前去找過企叔的兒子，還跟他說出了企叔本想離開天騰島後，不會再騷擾他。他痛苦地流下了男兒淚，很後悔當時要企叔頂罪，他知道自己的錯。

人就是這樣的生物，當重要的人離開了，才會覺得他是真心對自己好。

當時我還沒有說會幫助他們一家人，企叔的兒子應該不是為了錢才跟我說他很後悔。

企叔，我相信你的家人，會永遠感激你對他們的付出，永不忘記。

還有一個人，我也幫助了他的家人。

還記得我初到天騰島時，我宿舍床位的上手囚犯嗎？那個叫輝仔的人，我調查過，原來他當時拒絕加入**Nothing**企業，最後被電死。

也許，他就是**Nothing**企業機械人所說「唯一一個拒絕加入」的人。我有時在想，當我睡在他睡過的床位時，輝仔是不是曾經報夢給我，說要向**Nothing**企業報仇？嘿。

如果我真的被影響了，那我揭穿**Nothing**企業的事，又是不是我的……「自由意志」？

此時，我的手機響起，我按下了手臂接聽。

幾個人的畫面出現在我面前。

CHAPTER final
畜生與禽獸
B&B
03

他們是金杰、孝奶、榮仔，還有兩個經我介紹加入的新人。

他們是張古雲與鄧家勇。

張古雲就是那個我最初在羈留室認識的男人，我四個月前再次遇上他，他已經不再做偷竊的壞事，還很努力地找新工作，最後我介紹他跟金杰一起工作。

他還跟我說已經想通了我當時的說話。

當時我跟他說「貪字得個貧」的下聯是「富貴險中求」，現在他跟我說不是這樣。

「貪字得個貧」的下聯是……「不賭人上人」。

嘿，我喜歡他的改變。

另外鄧家勇在天騰島結束後，得到了「特赦」，可以回到正常的社會。他當時在食物工場幫助我的事，我沒有忘記，所以也介紹給金杰，希望可以加入我們的團隊。

至於我們現在的工作是什麼？還是偷呃拐騙？

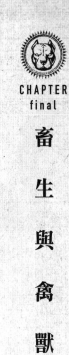

對，是偷呃拐騙，不過正好是相反，我們成立了一個反詐騙案的團隊，因為我們太清楚騙案的行動與過程，我們絕對有能力對付那些騙徒。

「鍾笙，你他媽的會不會放太長假了？」金杰說：「公司剛成立你就立即請三個月假！死仔！」

「你何時回來？」孝奶說：「我們都在等你！」

「對！鍾笙哥我們沒有你不行！」榮仔說。

「快了，我把事情做完後，很快會回來。」我笑說：「古雲、家勇，你們好嗎？」

「沒問題！」張古雲說：「我已經開始習慣了！」

「我也開始研究你們曾經做過的騙案資料！」鄧家勇說：「真想不到，鍾笙原來你以前……」

「**BYE!**」我微笑地掛線了。

「你怎樣？為什麼不讓鄧家勇說下去？」夢飛梳洗後回到大廳：「你以前怎樣？」

「秘密。」我笑說。

「你一定有很多不為人知的黑歷史！」夢飛在奸笑：「信不信我用『四覺懲罰治療』懲罰你！」

「不要！」我扮作很害怕。

有些過去已經過去了，還是讓它成為回憶好了。

「夢飛，中午我要去一個地方，晚上才回來。」我說。

「好的，我也要準備基金會的講座資料。」她做了一個加油的手勢：「我們一起努力吧！」

我要努力什麼？嘿，不過我就是喜歡這樣的夢飛。

我看著藍天，喝了一口咖啡。

好吧，完成兩件事後，我的新人生……真正從新開始！

……

……

．

下午。

香港區精神病院。

我約了伊隆麥、多明叔一起來探望「他」。

一個月前，我跟他們一起去拜祭小時候我曾見過的何大福，他也是一個可以看到數字的能力者。他能看到別人的「壽命」，卻不能看到自己，他在五年前已經去世。不過，聽伊隆麥說，他是笑著離開的。

何大福有份發明的「Doctor Food」，幫助了很多人，可說是無憾地離開。

今天，我要見另一個人，另一個跟我父親曾經出生入死的人，他叫……賢仔。

他患有輕度的唐氏綜合症，不過，也許是那個該死的張宙樨，令他入住精神病院，一住就住了十多年。

另外我跟多明叔說出最後的真相後，他……終於釋懷了。

當時他跟伊隆麥一直追查下去的工夫並沒有白費，最後也知道我父母不是意外身亡，而是被張宙樨殺死。

多明叔知道最後的真相後，哭不成聲，一直流淚。

我明白他們的感受，真的，我明白，他的眼淚，就是代表了「真正的釋懷」。

我們來到精神病院的花園。

終於第一次見到白髮的賢仔叔。

他看著我……

他流著淚跟我說。

「入矢！你來找我了嗎？我很想你！」

CHAPTER
final

畜生與禽獸

B&B

04

不知怎樣，我心中有一份酸酸的感覺。

賢仔一直等待我父親來找他，他一直等、一直等，一等就等了十多年時間。

「對，我來找你了。」我微笑說。

「太好了！太好了！」賢仔非常高興，流著淚笑說。

在我身旁的伊隆麥和多明叔也眼泛淚光，看著我們。

我沒有揭穿我是鍾入矢的兒子，我繼續扮演著爸爸的角色。

「你記得嗎？在快餐店時，我們一起欺負那個小學生，哈哈！」

賢仔滔滔不絕地講述他跟我父親發生過的事，我不斷點頭微笑，伊隆麥與多明叔也一起加入，大家也笑得非常高興。

我曾說我的父親是一個沒用的人，看來，真正沒用的人是我才對。我父親有幾個最好的朋友，他們鍥而不捨地調查他的死因，而且一直也想念著他。我父親才不是一個沒用的人，他是一個……

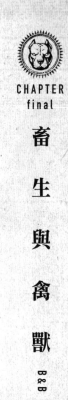

偉大的男人。

比起我，他才是真正的「英雄」。

他沒有很大的成就？只是經營一間二手漫畫店？

不，他的成就遠比我大，他與媽媽的人生，絕對不枉過。

我們聊了一個多小時，賢仔叔要去做定期檢查，多明叔陪伴他。我跟伊隆麥在花園中等待。

其實伊隆麥已經不用再躲起來，要對付他的人通通已經不在，不過，他還是決定繼續隱居的生活。

「我可以問你一個問題嗎？」我跟他說。

「當然可以。」

「你覺得『金錢』其實是什麼？」我問。

他是一個出生已經不愁生活的人，我很想知道他的想法。

「金錢只是由人類製造出來的東西，我覺得如果世上沒有金錢，人類還是會用其他東西代替。」伊隆麥說：「金錢本身是沒有問題的，問題是出於……我們人類。」

我很喜歡聽他說話，總令人有一種反思的感覺。

「我看過一本叫*《低等生物》的小說，是你母親介紹我看的，哈！你父親不會介紹我看小說，他只會介紹我看漫畫。」伊隆麥笑說：「小說內容是二百年後，世界再沒有金錢。」

「那怎樣買東西？」我問。

他搖搖頭說：「不，那個年代沒有『買賣』，只有『交換』，人類會用以物易物的方法去換東西，比如說你今天想吃魚，那你可以用你種的蔬菜跟我交換，就是這樣簡單。」

「很有趣的想法，不知道如果現在的世界變成這樣會怎樣呢？」我看著藍天說。

「不，現在的世界不可能做到這個『機制』。」他說。

「那要怎樣才可以做到？」

「很簡單，只要世界只餘下少數的人類，而且智商只有十二歲。」他笑說：「哈哈！小說是這樣寫的！」

我看著他，我明白他的意思。

也許，我們人類真的太聰明了，而且也繁殖得太多。

「對，鍾笙你已經找到那個人？」伊隆麥突然轉移了話題。

「已經找到了，不過……」

「去吧。」伊隆麥沒等我說完。

我微笑點點頭。

「那個人」是誰？

她就是金秀在死前跟我說「幫我跟高姨說聲再見」的那個人。

我要找的人，就是他說的……高姨。

伊隆麥和多明叔告訴過我，單憑「高姨」這個名字，他們只想到一個人，一個曾經是我父親的好朋友，而且曾在二手漫畫店工作過的人。

他的全名叫……高美子。

*《低等生物》，孤泣另一小說作品，故事詳情請欣賞《低等生物》系列。

CHAPTER final
畜生與禽獸
B&B
05

一星期後。

我來到了長洲贊端路十八號，海盜灣餐廳。

如果不知道全名，在一個一千萬人生活的城市中，要找一個人也許很難。不過，我已經知道那個人叫「高美子」，我查了商業登記，她在長洲開了一間餐廳。

贊端路在長洲最南面，人跡稀少，大部分都只是旅客，是一個很好的……隱居地方。

我走進了海盜灣餐廳，餐廳放滿了不同的漫畫書，雖然有些漫畫書已經發黃，不過，卻給我一種熟悉的感覺。

「你好，今天我們休息，所以……」

她還未說完，一個四十多歲的女人慢慢走向我，她眼帶淚光，用手撫摸著我的臉頰。

我想，她就是高美子。

「你是……允昱？」她用沙啞的聲線問。

「對，我是。」我微笑。

她用力地擁抱著我，就像見到自己的親生兒子一樣。

「已經……已經二十年了，你小時候因為父母都忙著打理漫畫店，我經常照顧你！」她高興得流下眼淚：「想不到你會找到我！」

雖然我已經不記得她，不過，她的確給我一份親切的感覺。

我是來找她，告訴她金秀已經死了？代金秀跟她說再見？

才不是。

是金秀留下的最後訊息，他根本就不是要我來跟高姨說再見，而是……

「高阿姨，其實我是來找……允日。」我說出我的來意。

她呆了一樣看著我。

此時，有一個人從大門走了進來。

「高姨，今天我釣到很多魚，可以開大餐！哈！」

我回頭看著那個人，他是……金秀日。

他沒有死去。

其實在半年前我已經估到。

「終於來了嗎？」他笑說：「都半年了，是我給你的提示太難了嗎？」

「允日過來！」高姨大叫。

然後她一手擁抱著我們兩個大男人，我有點尷尬。

「終於同一時間見到你們兩兄弟，哈哈！」她又笑又喊地說：「入矢和允貞在天之靈，最想看到的畫面！真正實現了！」

然後他們兩人一起說出一句金句：「如果能輕易實現，那就不能稱為真正的夢想！」

「《ONE PIECE》路飛！」

他們兩個人，又互望而笑了。我不看漫畫，不太知道他們有什麼共鳴。

「允昱你來了，一定要留下來吃飯！別要拒絕，否則……」高姨抹去眼淚說：「殺了你！」

我呆了一呆。

「我在扮誰？」高姨突然收起了恐怖的眼神。

金秀想了一想：「《咒術迴戰》虎杖悠仁！」

「全中！」高姨拍打他的心口，拿過金秀手上的魚：「好了，你兩兄弟聚聚吧！我去煮飯給你們吃！」

店面只餘下我跟他。

「你要跟我說清楚發生了什麼事。」我說。

「當然，不然我為什麼給你提示呢。」他自信地笑說：「除了我叫你來跟高姨說再見之外，你還發現了什麼，知道我還未死去？」

我指著天空。

「你奇奇怪怪向天開槍，一共開了四槍，加上打在我手槍上的一槍，一共五槍。」我也自信地說：「如果我沒有估錯，你向天開四槍是因為，第六枚子彈是……空彈。」

他沒有回答我有沒有估錯，只是在微笑。

「來吧，跟我去一個地方！」

CHAPTER final

畜生與禽獸

B&B

06

金秀把我帶到一個沒有人的石灘，我們一起坐在大石上看海。

「我經常來這裡約魚。」他說：「從十一歲開始。」

「十一歲？」

「對，十一歲那年，我決定了改名，改姓金，金秀日，跟媽媽一樣。」金秀笑說：「紀念我們死去的母親。」

「你當時已經知道真相？」我問。

「要說故事之前，你要知道，殺了你兩個室友的人是我。因為我不能被他們發現我想吞併整個天騰集團，才要配合他們。」金秀看著我：「如果你想報仇，可以立即推我落海，我不會掙扎的。」

「那個殺死他們的人，已經死了。」我看著大海：「不是嗎？」

雖然不是藉口，不過他的確是被張宙榫利用進行「思考模組」實驗，才會從小就喜歡殺人。

「嘿。」金秀也一起看著大海：「鍾笙，或者我現在認識的你，也不是從前的你，對吧？」

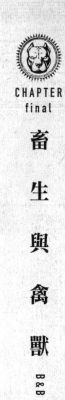

的確，經過天騰島一事，我也改變了。

「我已經在自我進行『反洗腦』的程序。」金秀說：「我不再喜歡殺人，而且對所殺的人感覺到後悔。」

「別要放棄，找回真正的自己。」我說。

他跟我微笑。

「我想知道，當時是你刻意安排我到Nothing企業工作？你知道我可以揭開那裡的非法勾當？」我問。

「對，我覺得你可以。」金秀說。

「而你也讓夢飛加入，是覺得她可以把我『弄醒』？」我問。

「沒錯，不過，這不是我本來的計畫。」金秀說。

「其實你讓她來，她也會遇上危險。」我說。

「我知道，不過……」金秀直言：「如果我拒絕這位大小姐，你覺得她不會用其他方法進入Nothing 企業去找你？」

的確，我也很清楚夢飛的性格，加上她對我的愛，她一定會想其他的方法來找我。

「好吧，饒恕你吧。」我笑說。

他開始說出自己的故事，故事由金秀的十一歲開始。

當時，他知道自己是養子，不過他並不知道我們父母被張宙樨所殺，直至一天……高美子出現。

我們父母死去的那天，高美子在家照顧金秀，所以金秀不在火警現場。

當天，高美子想將金秀交回我們父母，但她遇上漫畫店火警，兩個最好的朋友被活活地焗死。

「當時的高姨，聽到張宙樨打開消防喉紅色門跟你的對話。」金秀說。

「什麼？」我的確完全沒有記憶：「為什麼當時她不去告發他？」

「一個八歲的小孩教唆一個三歲的小孩放火，你覺得有幾多人會相信？」金秀說：「而且當時她還抱著嬰兒時的我，她怕張宙樨同樣會對付我。而她所擔心的，的確應驗了，因為之後張岸守收養了我。」

本來高美子想爭撫養權，不過，她只是我們父母的朋友，而且張岸守的財力雄厚，她根本就鬥不過。而且高美子知道，金秀成為張岸守的兒子，絕對會比跟著她幸福。

最後她放棄了爭撫養權這個想法。

我們父母死後，漫畫店也沒有了，高美子決定離開香港，到台灣生活，希望忘記痛苦的過去。

高美子也沒有來過找我，其實也不能怪責她，金秀跟我說，在我們父母死去的三年前，她另一位叫*溫濤鴻的朋友也不幸去世，可以說是連續打擊。當年她只有二十多歲，她選擇逃避也是很正常的。

「那她為什麼會回來？」我問。

「擁有被殺的覺悟，才有開槍的權利。」金秀突然讀出一句對白：「《叛逆的魯魯修》。」

一直以來，高美子都在逃避，時間過得愈久，她所知道的真相更加不會有人相信。直至有一天，她在電視上看到張氏家族舉辦的慈善晚會，她看到了金秀。

而且，她再次翻看《叛逆的魯魯修》，她……終於「醒覺」了。

我不喜歡看漫畫，對我來說只是卡通片，我不明白為什麼漫畫可以給人鼓勵，甚至是讓人改變。

不過，看來高美子是一個深深被漫畫影響的人。

她不再逃避，無論金秀變成怎樣，他也有權知道真相。

「她回來香港找我。」

*溫濤鴻，《人渣》與《賤種》角色，請欣賞孤泣另一作品《人渣》與《賤種》。

「當年，她來學校找我。」金秀說。

「她把所知的事告訴你？」我問。

「嗯，當時我根本不相信，突然有個女人走出來跟我說我親生父母是被殺的，你也不會相信吧？」金秀說：「然後，她叫著我小時候的名字鍾允日，還問我是不是可以看到別人頭上的……數字。」

就好像多明叔來找我時一樣。

金秀開始相信高美子，然後，他偷偷走到張岸守的辦公室，在那個陳舊的木箱中，看到了張岸守曾給我看過的資料。

當天我看到資料時，金秀扮作沒有看過，其實他只是在演戲。

「但這樣也不代表張宙樨就是兇手。」我說。

因為資料的內容，都說是我間接害死我們的父母，完全沒有提及張宙樨這個人。當然，我覺得張岸守當年是知道什麼的，他只是太愛自己的兒子，才選擇把我們父母的死亡真相，推到我身上。

他連自己也欺騙了。

「黑死童哥哥。」金秀說。

「黑死童？」

「高姨跟我說，當年她聽到那個男孩叫自己做黑死童。」金秀說。

「然後呢？」我問。

「十一歲那年，我扮作無意地說出『黑死童』三個字，當時我看到張宙樺的表情……」金秀吞下了口水：「是我人生中，第一次覺得漫畫中的惡魔真的存在！」

我明白他的意思。

「然後，高姨給我看了一些東西，我更加相信高姨跟我說的就是真相。」金秀回憶著：「原本一直在我身邊的大哥，才是殺死我們父母的人，我開始計劃，報仇的計劃，我不只要對付張宙樺，我甚至要對付整個天騰集團……」

只有十一歲的他，根本就不可能打敗天騰集團，所以他決定用「配合」的方法，一直留在天騰集團，乖乖做張岸守的兒子，做張宙樺的弟弟。

「本來計劃進行得很順利，可能再過幾年，我就可以真正奪權。」金秀苦笑說：「誰不知有個人出現了，破壞了我的計劃。」

他指的人是我。

「你一直知道有我這個哥哥存在？為什麼不來找我，把真相告訴我？」我問。

「如果我告訴你，你就會破壞我的計劃，不是嗎？」他說：「雖然最後也是破壞了，嘿。」

他說得沒錯，我不是一個坐視不理的人。

「本來，我想當完成我的計劃後才去找你，不過，你竟然來了天騰島。」金秀說：「你來到天騰島時，是用鍾筌月這個名字，我不知道鍾筌月就是鍾允昱。不過，我再深入調查後，發現你小時候是在『崇德孤兒院』生活，所以知道就是你。」

他有說過，我來到島上才知道，我就是他的哥哥。

「因為我是你的親生弟弟，張宙樨絕對會因為你懷疑我，所以我更加要讓他們相信我，才會出手殺了你的室友，對不起。」

「你不是對不起我，而是對不起死去的人全部家人。」我說。

就好像我們為了父母的事一樣，為了報仇，什麼事都可以做得出。

「會有報應的，就好像張宙樨一樣。」我說。

「我知道，所以我在半年前，才知道自己就是思考模組計劃的0001號。」金秀說：「『反洗腦』的過程很痛苦，好像每天都要被惡夢吞噬一樣。」

「你一直也不知道張宙樨把你當成實驗品？」

「嗯，我完全不知道。」金秀說：「還好，我一直也在收買張宙樨身邊的人，不然，最後我也可能被他控制，真的……自殺而死。」

張宙樨殺死了金秀在世界上，第二個最相信的女人崔靜書，金秀決定不再隱藏下去，他要殺死張宙樨，但他沒想到，原來這二十多年來，都是被……張宙樨控制。

CHAPTER final
畜生與禽獸
B&B
08

「我想知道，當時你腦海中真的想殺我？」我問。

「我沒法控制自己。」金秀說：「應該說，我想盡力地控制。」

在地下的漫畫庫，金秀第一槍沒有把我殺死，也許就是盡力地控制自己，然後他就算七孔流血，也要改變自己的「思考模組」，把殺我的想法變成殺自己。

「你為什麼會預計到被控制？然後在手槍的第六槍一早安排了是空彈？」我問。

「我沒有預計到被控制，第六槍空彈，是我一直以來的習慣。」金秀說：「一直以來，我覺得留一槍空彈來自殺總會有用的，最後，真的用上了。」

就好像我會隨身攜帶自製的毒藥，我總是覺得有一天會用上。

因為他在被控制前，已經聯絡上那個叫大黑的人，他有金秀手槍的發射次數訊息，他曾跟大黑說，如果開了第六槍，就立即去GPS的地點找他。

「還有，我跟他說。」他說：「別要傷害鍾筌月，幫助他。」

「你根本就不會知道會遇上我。」我說。

金秀微笑地看著我。

不，我明白了，他不知道會遇上我，這代表了，無論他會不會遇上我也好，他的指令一直也是……

「別要傷害鍾笙月。」

雖然空彈沒有彈頭，但射出的彈殼也會傷人，當時金秀自殺後接近昏迷。我離開後，大黑把昏迷的金秀弄醒，救了他。

「我明白了，手槍準備了一發空彈，就是用來假裝自殺。」我說：「然後……」

金秀等待我的說話。

「你是想『人間蒸發』。」我說：「假死。」

「看來瞞不過來了。」金秀說。

無論最後是不是現在的結局，金秀都會以「假死」來結束生命，不，應該說是結束……

金秀日的身份。

他知道張宙樨最後，一定會把所有有關天騰島的罪名加諸於他的身上，就算他沒有死，一樣會受到懲罰，所以他用這個方法，讓「金秀日」永遠消失。

「奪權只是藉口。」我說：「其實你根本就是想消滅整個天騰集團，而不是擁有它。」

「現在我叫……鍾允日。」他笑說：「只是一個平凡的人，在長洲生活。」

他沒有回答我，但已經回答我了。

他昏迷倒地後，知道我會殺死張宙樨，最後的確如他所想。

「最後，你利用我殺死了張宙樨。」我苦笑。

「不，是我相信你。」金秀說：「我相信我的哥哥，可以代我殺死張宙樨，幫我們的父母報仇。」

金秀的確是一個非常聰明的人，甚至是天才。或者，是我跟張宙樨在下棋，不過，最後勝出的人是金秀。

「其實，我們兩個算是在合作嗎？」我問。

「很好的問題，我覺得也算是。」他說。

「如果我們是敵人會如何？」我笑說。

「你贏不了我的。」他也笑說。

「你這樣回答其實已經輸了，太弱了，主角是不會這樣說的。」我說。

「那應該說什麼？」

「我有仇必報，我要你比死更難受！」

我們一起笑了。

我們一起看著藍藍的天空，兩隻海鷗在飛翔。

我們腦海中，一起出現了父親的樣子。

「我已經用匿名把天騰集團大廈地庫的漫畫全部買入，未來會開一間全球最大的漫畫店，讓這個年代還喜歡看漫畫的人，免費來看漫畫。」金秀說：「你給我一個店名好嗎？」

「矢貞漫畫店。」我說。

「就這樣！我喜歡！」金秀高興地說。

鍾入矢與金允貞的……漫畫店。

我們父母的漫畫店。

他突然想到一個問題：「對，在你殺死張宙樨時，我還未完全昏迷，我聽到你說，他用錢也買不到的東西，而且他也永遠沒有的東西，究竟是什麼？」

我看著他微笑。

「怎樣了？」

「我已經回答你。」

「什麼回答我？你一個字也沒有說！」

我沒有理會他，站了起來：「回去吧，我想試試高姨下廚的手勢。」

「等等，你還未說啊！」

我轉身就走，臉上掛上了一個笑容。

錢買不到的，就算有一萬億也買不到。而這樣「東西」張宙樨不會有，一直不會有、永遠不會有。

這東西，叫做……

……

…

．

親情。

「高姨，妳的手勢真好！我吃得很飽！」我高興地說。

「當然！」她也非常高興。

我看著她頭上的**FPV**數字，是……**$49,029,292,919**，四百九十億。

「我把所有的錢都給高姨了。」金秀好像知道我在看到什麼，在我耳邊說：「這是她應得的。」

當然，我們已經將自己的能力告訴了對方。

我點點頭。

「對了，你剛才說高姨當年給你看了一些東西，是什麼東西？」我問。

他們兩個人對望，然後微笑。

「我去洗碗了，你們慢慢看吧！」她說。

「看什麼？」

「跟我來。」金秀說。

我跟他來到了一間像小型電影院的房間，他拿出一張在這個時代已經絕種的藍光光碟，放入了同樣絕種的光碟機中。

「哥，你知道我為什麼改姓金？」金秀問。

「我不知道。」

然後他按下了播放的遙控掣。

畫面出現。

……

…

．

在一個夕陽下的公園中。

鍾入矢和金允貞兩夫婦，允貞手抱著嬰兒的鍾允日，還有，在打鞦韆的三歲鍾允昱。

一家四口，快樂地在公園的遊樂場嬉戲。

入矢推著鞦韆說：「允昱，你要像《火影忍者》的宇智波鼬一樣，至死也要愛著自己的弟弟佐助，知道嗎？」

「知道！」允昱快樂地說。

然後，入矢走到允貞的身邊，看著允日說：「允日，你要像《鋼之鍊金術師》的愛德和艾爾的羈絆一樣，一起合作，打敗敵人，知道嗎？」

鍾允日傻傻地笑著。

「老公！都說他們只可以看《櫻桃小丸子》，那些打打殺殺的，別要給他們看！」允貞生氣地說。

「男生不能只看《櫻桃小丸子》，要熱血！熱血就是皇道！」入矢像大細路一樣笑說。

「不，要看《櫻桃小丸子》，或者《美少女戰士》！」允貞看著允日說：「對不對？我的小寶貝，嘻！」

「不行啊！他是我的兒子，當然是由身為父親的我來決定看什麼漫畫！」入矢說。

「不，允日現在跟我姓了，他叫……金允日！是我來決定他看什麼漫畫！」允貞說。

一對奇怪的夫婦，為著兒子看什麼漫畫而爭論，不過，反而有一份溫馨的感覺。

「你兩個要夠花槍沒有？」在用手機拍攝的高美子說：「他們看什麼漫畫，應該由他們自己決定！」

「好像說得有道理！」他們一起說。

然後兩個人一起對望，傻笑了。

一家人又繼續高高興興地玩著。

他們沒有昂貴的玩具，只是在普通的公園玩耍，不過，這個夕陽下的畫面，代表了……

「一家人」。

這就是……「親情」。

……

…

‧

晚上，尖沙嘴諾士佛臺後街。

我跟夢飛說了今天去找金秀的事。

「很感動啊！」夢飛說：「原來是這個原因，金秀才改了姓金！」

「對。」我說：「我完全忘記了人生中有這溫馨的一幕。」

我只有一張沒有金秀，只有我和父母一起拍攝的相片。一直以來，我根本就不知道我有一個弟弟，還有，我也不知道其實我是在一個這麼幸福的家庭中成長。

「你的父母，一直也很愛你們。」夢飛牽著我的手說。

「我知道。」我跟她微笑。

無論之後的未來會是怎樣，我的過去也不會改變。或者，過去是充滿遺憾、痛苦與不捨，不過，它同樣讓我們長大，沒有過去，就不會有現在的自己。

我們要接受過去，然後釋懷，才可以繼續向前走。

「好了，叫吃的吧！」我說。

「好！我很期待！」

我看著鋪面，學生的相片又增加了，貼滿整個檔口。我覺得我當時給他的錢，他又全部捐給有需要的人了。

當時，我不明白為什麼他要這樣做，不過，現在我終於明白了。

的確，世界還是不會改變，充斥著「畜生」與「禽獸」，我們除了要教訓畜生與禽獸，更重要的是……

……

…

．

盡力去改變他們。

至少，我已經改變了，嘿。

「雞粥伯，兩碗雞粥！」我叫著。

畜生禽獸

第二部

全文完·

後記

POSTSCRIPT

後記 POSTSCRIPT

終於完成了。

一個跨越二十年故事。

其實寫完《人渣》與《賤種》之後，我已經很想寫之後的故事，《畜生》與《禽獸》就出現了。

這兩部小說其實可以獨立去看，不過如果有看過《人渣》與《賤種》，應該會更投入。

你知道嗎？我從來未寫過一個主角會有如此的「待遇」，這應該是我寫小說有史以來，對男主角最「殘忍」的一次，嘿。

鍾笙月與金秀日。

這兩兄弟那份情，還有「親情」的部份是我最滿意的，而且我很少寫「親情」，可能是因為被我家的貓影響吧，這次我決定了寫「親情」。

當然，如果你明白當中的「反思」，你就會明白我為什麼要「創造」一個天騰島。從小，我已經知道「自由思考」的重要，因為我擁有思考的自由，才會成為了一個創造另一個世界的作家。

鍾笙與金秀，不覺得自己是英雄，他們甚至知道自己是畜生與禽獸，真正的英雄其實是把他們誕下的父母。

無論是畜生與禽獸也好，當遇上某些人後，他們是會改變的，我相信，世界上沒有永遠的畜生與禽獸，他們會因為某個善良的人出現，然後讓他們改變。

我還是愚蠢地相信。

完成一個自己很滿意的故事，是很滿足的。

然後，當我知道有人會喜歡這個故事，就是「二次滿足」了。

看到這裡的人渣、賤種、畜生、禽獸讀者……

謝謝您不離不棄的支持。

Nothing Bless You.

不不不，應該是……

Lwoavie Bless You.

孤泣字 6/2022

LWOAVIE RAY TEAM

孤泣特別鳴謝 小說團隊

由出版第一本書開始，只得我一人。直至現在，已經擁有一個孤泣小說的小小團隊。謝謝一直幫忙的朋友。從來，世界上衡量的單位也會用金錢來掛勾，但在這個「孤泣小說團隊」中，讓我發現，別人為自己無條件的付出。而當中推動的力量就只有四個大字——

「我支持你」

很感動！在此，就讓我來介紹一直默默地在我背後支持的團隊成員。

APP PRODUCTION

JASON

傳說中的Jason是以戇直、純真、傻勁加上一點點的熱血配製而成。為了達成為一個小小的夢想、忍痛放棄一份外人以為穩定的工作，毅然投身自由創作人的行列。希望可以創作屬於自己的iOS App、繪本、魔術書、氣球玩藝書、攝影手冊、攝影集、IT工具書等
歡迎大家來www.jasonworkshop.com參觀哦！

EDITING

曦雪 WINNIFRED

愛幻想、愛看書、愛笑愛叫的怪小孩，平時所有愛做的都不會做。喜歡寫作卻不會寫，說是因為懂寫不懂作。現實中Winnifred是化妝師，見證多少有情人終成眷屬。喜歡美麗的事物，自成一角的審美態度：「美，可以是看不到、觸不到，卻能感受得到。」機緣巧合，成為孤泣的文字化妝師。

RONALD

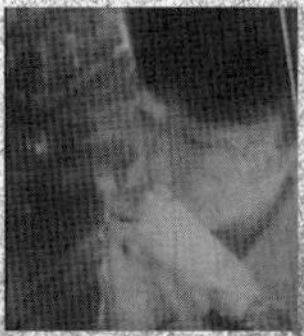

學藝未精小伙子，竟卻有幸擔任孤泣小說的校對工作，可說是人生一大幸運的事。

首喬

卞之琳這樣說：「你站在橋上看風景，看風景人在樓上看你。明月裝飾了你的窗子，你裝飾了別人的夢。」能夠裝飾別人的夢，是錦上添花。

小雨

顧城說：「黑夜給了我黑色的眼睛／我卻用它尋找光明」，願我們黑色的眼睛，不會忘記光明的樣子，不放棄。

I only have one person. Until now, I already have a small team of solitary novels. Thank you for your help. In the

MULTIMEDIA

GRAPHIC DESIGN

阿鋒

平面設計師，孤泣愛好者。由讀者搖身一變成為團隊成員之一，期望以自己的能力助孤泣一臂之力。

RICKY

平面設計師，兜了一圈，原地做夢！感激孤泣賞識同時多謝工作室團隊，這團火燒到了我。創作人，路是難行，但並不孤單。

阿祖

喜歡電影、漫畫、小說、創作，希望替孤泣塑造一個更立體的世界。

ILLUSTRATION

13

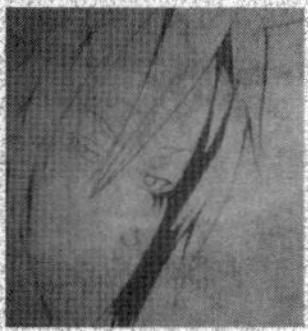

不善於用文字去表達心情，但喜歡以圖畫畫出一片天空，這片天空是無限大，同時存在了無限個可能。多謝孤泣給我機會發揮我自己，而孤泣的小說，是我的優質食糧。

LEGAL ADVISER

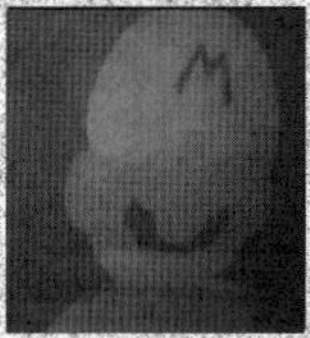

X律師

當孤泣問我如何殺人不坐監、未來人受不受法律約束時，我決定成為他的顧問，律師費請匯入我戶口，哈哈哈。

PROPAGANDA

孤迷會_OFFICIAL

www.facebook.com/lwoavieclub

IG: LWOAVIECLUB

禽獸

孤泣作品
LWOAVIE RAY

編輯 / 校對　首喬
設計　@rickyleungdesign

出版：孤泣工作室有限公司
荃灣德士古道 212 號，W212, 20/F, 5 室
發行：一代匯集
旺角塘尾道 64 號，龍駒企業大廈，10 樓，B&D 室
承印：美雅印刷製本有限公司
觀塘榮業街 6 號，海濱工業大廈，4 字樓，A 室

出版日期：初版一印 2022 年 7 月

ISBN 978-988-75830-7-3
HKD $108

孤出版